いつか妻が目覚める日のために

伊藤 茂

時事通信社

まえがき

妻の玲子が早春の夜に重症のクモ膜下出血で突然倒れ、全く意識を失ってから、長い長い年月が流れ去って行った。

この記録は、あの日の奈落の底に突き落とされたような衝撃と、その後慟哭、暗夜行路の日々に耐え、意識なき最愛の妻を看取り、一方で、生涯をかけた政治に、自らを励まし懸命に生きつづけてきた一人の人間の記録である。

あの日あの夜、妻が倒れたとき、私は大きな衝撃で政治家をも辞めてしまおうと思った。しかし、一人息子で脳外科医の進に「ここでダウンしたら苦労したママが病院で泣く」と言われ、自分を叱咤し、閣僚の仕事、連立政権での政策審議会長や幹事長の活動など、三十八年ぶりの政権交代と、四年にわたる自民・社会・さきがけの連立政権の運営の渦中に身を置き、さらに社会党の分解と再建という困難のときに責任ある仕事を担ってきた。

それは、人生を賭けてきた激動の政治に生きる心と、妻を看取りながら深い川底でもがくような心の、二つに切り裂かれるような毎日を繰り返す長い日々だった。

あの日から八年が過ぎた。「万年野党なら辞めなさい」と私をきびしく励ましつつ懸命に支えてくれた妻、与党になって閣僚となった日も全然意識がなかった妻、そして三回の手術に耐え重症で懸命に生きている妻の顔を見つめながら、「ここまで頑張ったのだからもういいだろう、ボクも精一杯やったのだよ」と語りかけ、国会からの静かな引退を決めた。

平和な普通の家庭の娘として育った妻にとっては「結婚式強行・新婚旅行禁止」というスタート、結婚式の翌日には徹夜の反安保デモで「コンヤカエレヌ・オヤスミ」という夫からの電報を受け取るような生活は大変な負担だったろうと思う。しかし彼女はしっかりしていた。「私は家庭で伊藤の野党です」と公言する最も手強い相談相手でもあった。私が政審会長や幹事長としてめまぐるしい仕事に追われているときに、「伊藤は前はやさしかったのに、今は社会党の仕事ばかりで私は未亡人、家庭は離散家族、しかしもうあきらめたの」と親友に語っていたのを聞くと、どうしてもっと心ある夫でいてやれなかったのか、と胸が痛む。妻は懸命に支えてくれた。いまは私が懸命に支える番である。私はいまが四十年の夫婦の年輪を経た夫婦の最も濃密な日々であると思っている。瞬時も妻のことが心から離れないからである。

この本をつづった私のねがいは三つある。その一つは最愛の妻が少しでもいい状態になってほしいという、神に祈るようなねがいである。妻が目覚め、もう一度同じ屋根の下に暮らせるようになったらどんなに幸せなことか、という気持ちである。

二つには同じ苦悩の中で懸命に生きている人々が励ましあうネットをつなぐねがいである。この長い年月の間に、同じ境遇にある人々、深刻な悩みの中で愛する人を懸命に介護している人々と連絡しあったりお付き合いをする機会を得た。最初は宮城県の「ゆずり葉の会」の皆さんである。それは遷延性意識障害者、いわゆる植物状態患者を抱え、回復をねがいながら日夜その看病に努めている家族の会である。その家族の人々が『いのちある限り』という手記を出版した。会長さんから私への手紙には「私たち底辺で苦しんでいる患者家族の声を取り上げて下さる政治をしていただきたいと切に望んでやみません」と書かれていた。また最近、東京、神奈川、千葉などの人々が家族の会「わかば」を結成して活動している。

この本を通じてそういう多くの人々のネットワークが広がれば、と心からねがっている。これが出来て妻がほほえんでくれたらどんなにうれしいことか、と思う。

そして三つ目のねがいは将来の福祉社会を充実していくことである。私は介護保険制度創設の当初に自民・社会・さきがけ三党による連立与党の政策責任者の一人として、社会党の政審会長をつとめていた。厚生省原案が出来たが調整が難航して政府・与党首脳会議で三党の政策責任者を中心にワーキングチームを設置し、政府原案を決定して国会に提出した。いま年金問題、医療、特に高齢者医療など課題は多い。さらに深刻な財政危機の中で福祉社会の財政学はどうあるべきか新世紀は難題に直面している。国民的な議論を起こさなければならない。それを真剣に議論し、国会での合意を重視し、二一世紀の福祉日本を創りたいと切にねがう。

国会議員在任中は、ごく身近の人たちの他には自分のつらい思いを言わないようにしていた。それは政治家として同僚議員などから「同情」されながら仕事はしたくない、自分と自分の党の主張は毅然として行いたい、という気持ちである。しかし国会活動を辞めることにしたいまは、日本の二十一世紀が立派な福祉社会であるようにねがいながら、正直に、率直に私の思いを言うことにした。

この本は、不安と混迷の時代を超えて人間の心のふれあう社会になるようにと、思いを込め、妻が倒れてから「玲子と共に」という表題をつけて、毎日書きつづけてきた八年余りの日記の中の一部分を整理し、さらにいまの思いを加えたものである。苦しさと悲しさを越えて心のつながる「人間の社会」を、と念じながら——。

目次

装丁　江畑雅子

第一章　あの日・あのとき

あの日・あのとき

一九九二年三月六日——。それは私の「悲しい日付」である。

あの日の夜七時半、横浜市鶴見区での労組の会合から帰宅して、玄関のベルを鳴らしても、いつもの玲子の「ハーイ」と言う声が返って来ない。いつもならドアを開けて「お帰りなさい」と言ってくれるのにその気配もない。雨戸が閉まっていないカーテン越しにリビングをのぞくと電気は明るくついているし、テレビの音も聞こえる。

どうしたことか、何か手が放せないことでもあるのかと思って、合い鍵を使って部屋に入ったら、玲子は仰向けに倒れていた！

無我夢中で駆け寄って必死に呼んでも意識も反応もない。ときどき呼吸が消えて行くように細くなる。その身体を揺すって「玲子、しっかりして」と叫ぶと弱い呼吸が回復する。玲子はテレビの前のテーブルの側の座布団に座って、そのまま真後ろに倒れている。いつもの赤いエプロンが側に脱ぎ捨ててある。倒れてからもがいて脱いだのか、脱いでから座って倒れたのか。

すぐ一一九番をして救急車を頼んだ。

ほとんどすぐピーポーの音とともに来てくれて、手際よく車に運び込む。酸素呼吸がセットされ、隣駅前の昭和医大病院に運んだ。「別の脳外科専門病院に運ぼうとして病院と連絡したのだが、そこまで十五分ぐらいはかかる。もう寸秒をあらそう最悪に近い状態なので、五分でも早く入れる昭和医大病院に緊急連絡しました」と救急職員が言うのを、呆然と聞いていた。

暗い病院の救急入り口でストレッチャーを運び下ろすときに、救急職員が「重症です、心臓は鼓動しているが大変弱く、血圧も弱い」と私に言う。あわただしく集中治療室に運び込み、緊急手当ての酸素吸入やCT検査などを行った。ナースが、緊急の対応で切り裂かれた玲子の服と下着をビニール袋に入れて持って出てきた。

しばらくして、白衣を着た脳神経外科の福島教授が私と遅れてやってきた一人息子の進の二人に、造影写真の結果と検査の説明をしてくれた。「左脳に動脈破裂があり、クモ膜下出血ではあまり例がないほどの大出血だ」と言う。

私はひと筋の蜘蛛の糸にでもすがりつきたい、出来ることは何でもしてほしい、という

元気だったころ（1980年8月、箱根で）。

気持ちだけだった。脳外科医である進は、福島先生とフィルムを見ながら専門医らしく淡々と意見交換をしている。

検査と手術の準備にはずいぶん時間がかかった。体力が落ち込んでいることもあるのだろうか。深夜の十二時四十五分に玲子はストレッチャーに乗せれられて中央手術室へ。入り口で見送る私の前で手術室のカーテンが乱暴に閉まった。救急の入り口のエレベーター前のベンチで待ち続ける。壁の大きな時計がカチカチと時刻を刻む。何とも言えない不安の中で時間が過ぎ、手術は延々とつづき、いつの間にか夜が明けていた。手術は十時間かかってようやく終わった。玲子は集中治療室に運び込まれた。

手術着のままの向山助手と福島教授は「手術は終わりました。予定通りの措置が順調に済みました」と言って状態を説明してくれた。

看護婦さんに案内してもらって備え付けの白い着物を着て、集中治療室の玲子と会った。静寂だけの、そして照明の薄暗い部屋だった。玲子は頭を包帯で包まれ、その上に出血を吸い出すプラスチックの袋が乗せられていた。太めのチューブが口にさし込まれ、さまざまなパイプが取り付けられている。顔色も肌の色も血の気がなくて白い。唇だけがピンク色をして、きれいなのが印象的だった。

そのときから運命と人生は変わってしまった。病院のベンチでやるせない気持ちで待つ間、進が私に「三木清を持って来たのは親父らしい」と言うので初めて気がついた。手には三木清の『人生論ノート』が握られている。どうして三木清を持ち出したかは自分でもよくわからない。切り裂かれた玲子の衣類を入れたビニール袋を持って自宅に帰り、たった一人になって思った。二日間のうちに世界がまったく変わってしまった。美しいカラーの世界から白黒のネガの世界に変わってしまった、と。

四日遅れの誕生日

悲劇のあの日は私の誕生日のお祝いをする日だった。

ダイニングを見ると私のために用意した赤飯と焼いた魚があった。生まれ故郷の山形県から母が送ってきた甘味のあるくじら餅も焼いて皿にきれいに並べてある。三月二日生まれの私にとって、玲子の倒れた六日は四日遅れの誕生日であった。

誕生日は家で一緒に食事をするはずだったが、急に衆議院予算委員会で質問をする予定が入り、誕生日の二日に帰れなくなったのだ。玲子は四日遅れの私の誕生日を祝う準備をして、用意が終わったのでテレビの前に座って七時のNHKニュースを見ながら倒れたのだろう。

東京・赤坂にある議員宿舎から「二日は帰れない、六日に帰る」と電話したときに玲子は「誕生祝いは何が欲しい」と尋ねたので、「ネクタイでももらおうか」と言ったら、「それはいいけど、私のあげたネクタイをあまり締めないじゃない」と言われた。

それが夫婦の最後の会話になってしまった。玲子はその瞬間まで、幸福な家庭での三人の生活に何一つ疑念を持たないまま、悪魔の手につかまれてしまった。毎日どこにいても、地方に出ても外国に行っても、夜の時間にはかならず電話する長年の習慣もこの日でプッンと切れてしまった。妻の声はもう聞けない。

「ママは三途の川のほとりまで行ったんだろうか」。

脳外科医師の進に聞いたら「とんでもない。ママは三途の川を渡り切って向こう岸に片足を踏み出したところを、お父さんが手をつかんでむりやり引っ張り返したんだ」と言う。病院の先生方の説明でも、本当に危機一髪の状態だったようだ。あの日、私の帰宅があとほんのわずかでも遅かったらどうなっていたか、としみじみ思う。

翌日には、玲子の兄弟姉妹全員や幼い頃から妻を最も可愛がってくれた天王台の渡辺おじさん、山形県の田舎からは私の兄弟たちが、それに妻が講師として教えていた生け花教室の黒田さんなど皆さんが集まってくれた。

友人の松永君から九日になって電話があった。彼は玲子と私が最後に仲人をした人の父でもある。その電話によると、六日の夜七時過ぎ、七時から十分以上も過ぎていたろうか、横浜市港南区の松永君の奥さんの実家から私の自宅に電話し、玲子と話したという。今度の日曜日の午後に新婚夫婦と一緒に仲人の私たちに挨拶に行く相談だという。とすると、玲子の倒れた時間と私の帰った時間との間は三十分くらいか、あるいはもっと短かったのか。間に合ったかもしれないと思うといっそう悔やまれる。

夢にも思わなかった悪魔に襲われたその瞬間、玲子は何を叫んだのだろう、その瞬間に私を呼んだのだろうか、彼女はたった一人で。

くじけたら病院でママが泣く

手術後、二度目の面会がかなったのは三月十日だった。

深夜一時頃まで、息子の進が持ち込んでくれた脳外科関連の本で玲子の症状の参考になるところを探して読んだ。寝つかれなくて胸が苦しく、六時過ぎには目が覚めた。朝は雨。

病院の集中治療室の入り口で白いエプロンと帽子とマスクを付けて、照明の暗い音のない世界に入る。血圧と脈拍は昨日より高い。呼吸は機械管理で十四、息を吐くときにグズグズしている様子なのでパイプの位置を直してもらう。脳波のラインは左が大きく乱れている。若い医師が「機械のセットミスのせいでしょう、つける位置がずれたので。この後に包帯交換をするのでその時に直しますよ」と事もなげに言う。

午後の面会では血圧、脈拍、脳波のラインもきれいだった。意識のない玲子は夢見ることもないからだろうか、童女のような表情になっている。医者に今後の経過を尋ねた。「術後の危険の一つである内圧高進（脳内の血圧が高まる症状）は頭骨の一部を取り除いてあることもあって当面は心配ない」とのことだが、もう一つの問題は脳血管の攣縮（れんしゅく）だ。「攣縮が起こるとすれば、おそらくはこの週の後半の問題でしょう」と医師に言われる。神に祈るような気持ちだ。

その夜遅くなってから、進と親子二人で話し合った。

自宅で玲子の看病に専念したい、できれば政治家も辞めたい――そんな気持ちを遠回しにほのめかしてみたが、進は「おそらく治療は長期になるだろう。看病するといったって、ママを世話するには専門の医師や看護婦が何人もかかるんだ。ママは家に帰れないと思った方がいいし、それに看病疲れで親父がダウンして国会議員を辞めるなどと言ったら病院でママは泣くよ。今までのママの大変な苦労が水の泡になるじゃないか。一体何のために苦労したんだ。社会党の枠を越えてたくさんの人が期待しているんだよ」ときつい調子で言うのだった。堂々巡りのような二人の話は深夜まで続き、ときどき涙で途切れがちになった。

寝しなに、玲子との数日来の会話がしみじみ思い出された。

二日の夜の電話では、私から前の日に東京に来て議員宿舎をきれいに掃除してくれたお礼を言い、二人で「誕生日のお祝いは何がいいか」「ネクタイは一緒に買おう」と会話をかわした。三日の電話では、三越で鏡台箪笥《たんす》を買い、長洲一二知事（当時）の奥さんと一時間も電話で話した。五日の電話では、土日は久しぶりに家にいるから仲人した二組が挨拶にくること。たわいない話ばかりだ。そして玲子が電話口に出なかった六日の夜――。

いま、この瞬間も玲子は人工呼吸を頼りに意識もなく眠り続けている。そして必死に生きている。

さらにまた、いろいろと玲子との「これから」を考えた。重症だけに、二人はこれからどうなるのだろうか。車椅子に玲子を乗せて私が押して行く、そういうことが出来たらどんなに幸せだろうに。意識を失ったままの妻になったらどうしようか、などいろいろと考えがめぐった。

「罪と罰」の意識にも苛まれた。先月末に宮城県の参議院選挙の応援で派遣されたとき、夜遅く玲子に電話したら「頭にガーンとひどい痛みがきたの」と玲子が言った。前兆だったのだ。玲子は「もう今は落ち着いているの」と言い、気にかかりながらも出張先のことで私は何も手を打たなかった。

あのときにすぐ息子に連絡して検査の緊急手配をすれば玲子は救われただろう、こんなひどい目に遭わせなくて済んだだろう――その思いが私の胸をかきむしった。これは玲子を大切にしなかった私の「罪と罰」なのだ。もう政治家の仕事も、何もかもすべてを捨てて妻のために生きる。それしかない、という気持ちだった。

この数日来、後援会幹部からは「伊藤さん、頑張って下さい。みんな懸命に応援しますから」「奥さんはあなたを立派な政治家にするために苦労に苦労を重ねたのだから」という言葉が続いていた。

ありがたいと思う一方で、今の私にとってはつらい、きびしい言葉だ。妻を支えながらそんなことが出来るだろうか、いっそすべてを投げ出したい、何度も繰り返される自問自答だった。

花で結ばれたこころ

「花で救われた」――。これは感動と心からの感謝を込めた私の気持ちである。

妻（あるいは夫）が倒れたとき、誰が支えてくれるのか。ある年齢に達した人ならば誰もが思い悩むことではないだろうか。私の場合も同じだった。親戚や兄弟も遠く離れていてどうにもならない。政治家や党員もお見舞いの気持ちを述べる以上のことは出来ない。そんなとき、支えとなってくれたのは玲子が自宅で講師を務めていた生け花教室の生徒の皆さんだった。

十数人の小さな生け花教室の皆さんがわが家に集合して、皆さんが相談して分担の日程表をつくり、毎日二人ずつ交代でわが家に詰めてくださった。「本当にお世話になったのだから、玲月先生（妻の師範名）の仕事を引き受けますから」と言ってくれたのである。

花で結ばれた心がどうしてこんなに大きく強いのか、私には充分にわからない。しかし花を通じて心が結ばれていたのは確かだと思う。その思いは私の胸から消えることはない。

実際、玲子の生き甲斐は花だった。彼女の一番楽しい時間はささやかな生け花教室における生徒たちとの会話のひとときだった。きれいな花との心のふれあいが彼女の夢とつながっていた。花を生けているときが玲子にとって一番心の休まるときだったし、そこでいろいろのことを、人生と生き方をみんなで語りあっていたらしい。花で結ばれた人の心の結びつきが、こんなに大きいとは知らなかった。どんな組織でもこんなに心のこもったことをしてくれることはないだろう。

お花の皆さん、玲子が尊敬していた勅使河原和風先生、私は花の心に限りない感謝を感じている。そして今も玲子の枕元にきれいな花を絶やさないでいる。

もう一つ「花」で感動した出来事があった。玲子が倒れてから四カ月たった七月九日のことだ。朝から暑い日だった。

その日、生け花教室の生徒だった内田さん、黒田さん、七沢さんの三人がきれいな花を自宅に持ってきてくれた。すでに玲子は集中治療室を出て、個室のベッドにいたのだが、近藤さんというヘルパーの方が、その花を花瓶に生けてくれた。病室は花でいっぱいにな

花を生ける玲子（85年5月、自宅で）。

った。奇跡はそのときに起きた。私が玲子に「花がいっぱいだよ」と呼びかけると、ニコッと笑顔をみせたのだ。こんなことは初めてだった。こみ上げるものを抑えきれなかった。その瞬間、気持ちが通じたのだ、と確信した。

集中治療室にいた二カ月間は、花を持ち込むことは出来なかった。玲子の枕元に、見えなくても、せめて一輪の花を飾りたい、と思ったものだ。集中治療室のガラスの窓越しに花を飾ったこともあった。だから個室病棟に移ってからは、花を絶やすことはなかった。それが実を結んだのだ。

玲子の花は新婚当時から始まっている。

彼女は大船の和風会にせっせと勉強に通った。妊娠しているときも、進が幼児のときも通って講師の資格をとった。それは何か家計の足しになるかもという気持ちと、自分の好きな花と美の世界を学びたいという気持ちとがあったのだろう。

彼女は新婚当時に「本当は美大に入りたかったの。家庭の事情で家政科になったの」と言って自分の油絵の道具を見せてくれたが、美しい心でありたいという気持ちだったのだろう。そういう気持ちが花の心につながっているのだろう。いつも「心のきれいな人が好き、利口な人でも心の曲がった人は嫌い」と私に言っていた。まさか私への警告ではなかったとは思うが。

いつまでも「花の心」はつづく。生け花教室の皆さんは玲子が再起不能になったあともずっと生け花教室をつづけてくれている。「玲月先生の写真を下さい」と言って来たので私があげた玲子の写真を飾って、その前で勉強をつづけている。資格をとったり格が上がったりすると、「玲月先生への手紙」でそのことを知らせてくれる。私はその手紙を受け取ると、いつも玲子の耳元で読み上げている。

生死をさまよう

危機は突然やってきた。

玲子が入院して六日目の三月十二日、面会のために朝から玲子の弟の宏君夫妻、姉の久美子とともに病院に行くと、しばらくして向山先生が私を呼び、玲子の頭部を写したＣＴ写真を示して説明を始めた。

「昨日、脳内に異常に大きな出血があり、先ほどから脳の内圧が異常に高くなってきています。今朝の内圧は十程度だったが今は四十になり、左の脳に大きく腫れが出て、右脳を大きく圧迫しています。瞳孔も開いてきました。のどに穴を開けて呼吸器を直結するカニューレ手術をする予定だったが、延期します」と言う。突然襲った重大な危機に衝撃を受けた。

駅前の東急に昼食に行くが、みんな深刻な雰囲気で、食べられそうもない。自宅で休んでもらい、私だけが午後三時半頃に再び病院に向かった。玲子の様子はいつもの眠っている顔と何も変わらない。しかし、口にさしこまれた人工呼吸パイプ、鼻から伸びたチューブ、身体のあちこちに付いた細いビニール管、頭にかぶせられた白い帽子に緊迫感が漂っている。何とも痛々しい玲子。その青白い顔をじっと見つめた。最近はこんなにしげしげと顔を見たこともなかった。

向山先生は「脳幹に反応があります」と言う。玲子は必死に頑張っているが、この瞬間も玲子は生と死の間をさまよっている。玲子との夫婦生活は三十二年で終わるのかもしれない。玲子がわが家に戻って来ることはもうないのかもしれない。生きていてもらいたい、そう切実に思った。

夜になって向山先生は「脳幹には上・中・下があり、一番肝心なのは下の延髄部分。上はやられているが下はまだ機能しています。咳や瞳孔の反応があるのがその証拠です」と言う。人工呼吸器や脈拍の機械の表示がチカチカするのを暗い病室中で見つめ、シューシューという呼吸器の乾いた音を聞きながら思う。懸命の攻めぎあいをいま玲子はやっているのだ、と。

自宅に帰ると、さまざまな方から見舞いの電話があった。布団に入るが頭が冴えて眠れない。

翌朝、進から電話があった。向山先生と話しあったという。進の説明では、「危篤のような、崖っぷちを歩いている状況が続いているが、ママは懸命に持ちこたえている」と言う。

この日は国会の衆院本会議で九三年度予算案の採決があった。

これだけはどんな場合でも欠席出来ない。採決を終えて、自宅に戻ったのが夜八時。進と二人で玲子に会いに行く。変わらない様子だ。顔色が青白いような気がする。「大丈夫だよ頑張って」と玲子に話しかける。玲子の左の目は涙がにじんでいた。

自宅への道すがら、そして遅い晩飯の後、進と「ママのためにベストをつくそう。そうして頑張ろう」と話しあった。進によると、玲子は最近、仏教学者の中村元の著作をよく読んでいた、という。「ママは心のきれいな人は大好き、心の曲がった人は大嫌い。その傾向がだんだん強くなっていた」という。

三月十四日朝、病院へ行く。玲子の措置を終えた高橋医師が懇切に説明してくれて、玲子の状況がようやくわかりはじめた。

「傷後の膿と化膿は脳内には入っていません。菌の種類もわかったのでいまは薬で対応しています。熱もだいぶ下がってきています。劇的な効果があるはずです。脳内の髄液を抜くための手術として脳から身体に流す方法もあるが、その処置はいま取れないので脊髄から体内に流す方法にします。来週中ごろにやることになるでしょう。現在は腰からパイプを入れて脊髄から体外に流しているが、もし排泄物からばい菌が入ったら大変なことになる。通常は五百ccの髄液が体内にあるが、三百cc程度を毎日抜いています。体内に水がたまってふくれる浮腫が起きていることは否定できません。今朝、撮ったCTによると、大脳の左部分は相当広範囲にやられている」。

聞いていて何かを覚悟しなければならないのか、とさえ思って淋しくなる。

心なしか顔にむくみが広がっているようだ。しばらく話しかけていると口がちょっと動いてハッとする。玲子の手をさするとがさついている。

この日は衆議院外務委員会で条約案件の採決があるので、国会に向かった。

暗夜行路

三月二十七日夜、支持者である地元の経営者の会で状況報告があった。親しい人々が八十人ほど集まった会合であり、本来は政局と経済をテーマに話をすべきだったのだが、玲子のことを話しているうちに感情がこみ上げてしまい、何回も絶句してしまった。

経営者の会の後、病院に立ち寄り、玲子の顔を見ているうるちに、指で口の下をちょっと押してみた。すると玲子の下顎が「うるさいわね」と言うようにぴくっと動く。びっくりすると同時にまだ反応があるということがうれしかった。

自宅に戻り一緒に過ごした部屋を見る。玲子が倒れる日（三月六日）かその前日に書いていたのだろうか、二人の枕元の電話メモに、「野ばら」「シューベルトの子守歌」と鉛筆で書いてある。そして、倒れた場所の身近には昔私が買った「日本の詩情」の厚い本が置いてあった。玲子は何をしようとしていたのだろうか――。

玲子はいま意識のない暗い世界を一人とぼとぼさまよっているのだろうか。出来るならば手をとって一緒に歩いてやりたい。神様が人間をつくるときに、夫婦が天国に行く日付けは同じ時間にするよう設計してくれれば、この世の悲しみは少なくなるだろうに、と空想的なことを考える。暗夜行路の日々。

翌二十八日、進と一緒に向山先生の説明を聞いた。CTを改めて見ると頭蓋骨の四分の一くらいが手術ではずされている。皮膚が相当に炎症を起こして腫れたらしい。二本のパイプを脳内に入れて膿を吸い出しているという。今後は手術後にたまった髄液を頭からでなく腹の中で抜く処理を行う方針のようだ。玲子の顔はいくらかむくみが少なくなって落ち着いている感じ。

陸士の六十一期総会があった。総会から帰って疲れてソファで寝てしまう。

未完の青い鳥

七月――玲子が倒れて長い長い入院。私一人になった淋しいわが家に、未完成のままの「青い鳥」の七宝焼きの銀のプレートが一枚残されていた。それには下焼きの上に墨でデッサンの下絵の鳥が描いてあり、これから焼付けという段階だからまだ色はついてなかった。それに添えてお手本のきれいな青い鳥の絵が重ねてある。七宝焼きの先生の岩瀬さんに聞くと、玲子はこの「青い鳥」の作品づくりにとてもうれしそうな顔で張り切っていたという。そして展覧会にそれを出品するためにいつもより多くの時間をかけていた。

まだ色彩のない未完の「青い鳥」を見つめながら、玲子はこの「青い鳥」にどんな夢をかけていたのだろうか。玲子が倒れたとき、彼女の生け花の仕事部屋になっている和室の棚の上に小さな風呂敷包みが置かれていた。それは岩瀬先生の七宝焼きに行くために、玲子らしくキチンと準備していたものである。台所のカレンダーに玲子が書き込んだメモには、それを仕上げるための日づけが書き込んである。それを見ても玲子は倒れるその瞬間まで、悪魔が襲って来ることを夢にも思っていなかったのだ。

玲子は何かをねがい「青い鳥」をつくろうとしていた。それを考えて玲子の枕元で「早く元気になって青い鳥をつくろうよ」と話しかけながら、かわいそうできりきり胸が痛む。なぜ「青い鳥」に取り組もうとしていたのだろうか。岩瀬先生に聞くと、きれいな小鳥を作品にしたい、と言っていたという。そして青と緑をきれいに表現するのには銀のベースがいいとアドバイスしたところ、そのように決めたということである。

考えてみると、わが家の狭い庭にはよく小鳥が訪れる。朝などよく庭でさえずっている。玲子は庭の泰山木の幹に小鳥の巣箱をしばりつけていた。もっと高い所に取り付ければいいのに、と誰かが言っていたが、玲子の背丈では精一杯の取り付け仕事だったのだろう。私が忙し過ぎて家に帰れないことが多い日々の中で、玲子は小鳥たちをいい友達にしていたのかもしれない。それが七宝焼きへの動機の一つではなかっただろうか。

私は「青い鳥」への玲子の心境は、それだけではなかったように思う。結婚してから、玲子には野党政治家の妻として選挙をはじめ苦労をかけたが、私もようやく安定した政治家として表舞台で活躍できるようになった。子供を生み育てて苦労したが、進も医師とし

「青い鳥」のデッサン

て社会人になった。住宅ローンも終わり経済的にも苦しい時代を乗り切り、夫婦の歴史の坂を登る苦労もようやく峠を越したという思いが強かったと思う。

「六十歳からは第二の青春」という言葉があるが、これからはそういう次の人生を楽しく生きようと思っていたのではないか。そんなことを玲子としみじみ語りあったこともあった。言うならば玲子にとって「青い鳥」は次の新しい人生への希望の表現だったと思う。

その作業が突然中断されて、「未完」のままになってしまった。玲子の枕元でいつも「元気になって青い鳥を仕上げよう。一緒に手伝うから」と話しかけている。そうしながら、せめて玲子の心の中で、きれいな、あざやかな色の「青い鳥」が希望をさえずってくれることが出来たらとねがっている。

玲子と七宝焼き——岩瀬さんとの縁は十五年位前からである。十七年前に衆議院選挙に立候補するために、金沢文庫から青葉台に引っ越した。

その時に新しい私達の家の電話番号が、岩瀬さんがたまたま前に使っていた番号だったために、わが家では岩瀬さん宛にかかってくるたびに新しい電話番号を教えていたが、いつの間にか双方が仲良く付き合うようになり、初当選のあと岩瀬さんの七宝焼きに弟子入りすることになったという縁である。したがって玲子と七宝焼の縁は議員生活の年月と同じになる。

玲子は新婚当時に「本当は女子美大を受けたが、絵を描きたかったのに、父が病気になって行けなかった」と言っていたが、そういう玲子の気持ちが生け花や七宝焼きにつながっていたと思う。

玲子が倒れた年の十一月、七宝焼きの先生の岩瀬さんが「デッサンで終わっている青い鳥では淋しいでしょう。奥さんの友達みんなで奥さんが願っていたようなきれいな青い鳥を仕上げましょう」と言ってくれた。

その岩瀬さんは三年前に帰らぬ人となってしまった。いま玲子は夢で岩瀬さんと話しているのだろうか。「青い鳥」の物語を含めて。

可能性「無」の診断書

玲子が倒れてから半年近くたった九月九日、玲子の三回目の手術があった。

頭蓋骨の一部を外した状態が五カ月も続いたが、そこにセラミックの頭蓋骨を埋め込みようやく正常にすることになったのだ。

目をぱっちりと開いている玲子に「大丈夫だよ、頭を前通りに直すのだから、心配ないよ」と繰り返し話してやる。田辺聖子の本を読みながら待機する。玲子と三十二年、愛しあった日々のことを思う。いま玲子はどんな状態か、と思いながら祈るような気持ちになった。

四時間にもわたる手術が終わったのは午後六時過ぎ。看護婦が二人降りてきて「終わりましたよ」と伝えてくれた。向山先生も「まもなく出てきます」と言う。

玲子は最初の手術のときと同じように真っ白の包帯・頭布で頭全部を覆って、頭の上に赤い液が半分くらい入ったプラスチックの瓶をつけている。点滴などの装置もベッドについている。顔全体が青白い、舌を口から少し出している。麻酔がだんだん切れてくるせいか口をもぐもぐさせている。

部屋で藤本助教授から説明を受けた。「頭蓋骨の代わりになるセラミックをはめ込むために、細かい部分を削ったり洗ったりしたが、大体うまくはまったと思う。皮膚が骨に癒《ゆ》着《ちゃく》していたのを丁寧にはがしたが、皮膚がどうしても薄くなっている。皮膚の収縮はそう心配なかったが、頭につけられた細いパイプとプラスチック瓶は手術部分に血がたまったら出すようにしてある」と言う。

酸素パイプをつないで喉の呼吸パイプに流している。点滴は右の手から。看護婦さんたちにお礼を言って引き上げる。手術が順調に終わって本当にほっとした。

手術の二日後、国会に行ってＰＫＯの打ち合わせ会議、影の内閣の財政委員会のヒアリングなどについて相談する。その後、「月刊社会党」の影の内閣紹介の原稿で編集者と相談。結局、新横浜についたのは午後七時過ぎになってしまう。

玲子はおだやかな顔で眠っていた。よく見ると頭に付いていた血を抜くための細いパイプが外してある。順調に良くなっているのだと思う。手にさわると目を開けるが、何かまぶしそうな目つきだ。最初の手術のときのような顔のむくみもない。帰りにナースセンターに顔を出すと、婦長は「今日は目を開けてプリンを食べた」と言う。

数日後、玲子のベッドの背が三十度位に高くなっていた。向山さんがＣＴの写真で説明してくれる。いつもの十枚の写真セットの断層写真と実物大の前・横写真が撮ってある。

脳内のセラミックは軽石状になっており、次第に本人の骨と癒着して行くのだという。写真で見るといい姿になっているが隙間なくぴっちりとはまっているわけではない。双方に小さい穴を開けて紐で結んでいるらしい。骨と硬膜との間に隙間が出来ており、とくに前額の部分に写真で見ても隙間がある。ここに水が溜まっているが、それがなくなるには時間がかかる。また、左の大脳は写真で黒くなっており、大部分が最初の出血で死んでしまっている。左の脳が知覚を担当する重要な部分なので影響が大きいという。

九二年十月二十六日。入浴したばかりのような玲子の顔にたっぷりと混合したクリームをつけて髪に油をつけてきれいにとかしてやる。様子はいつもの通り。血色はよくてときどき目を開ける。頼んであった診断書が出来る。内容を見ると、「良くなる可能性」という欄に「無」と記入されている。冷酷な一文字。だんだん気候がひんやりする、淋しい絶望的な日々。

医師の診断書では回復の可能性は「無」である。しかし私は「奇跡」を心から願いつづけている。

第二章　思い出の日々

安保闘争の中の結婚式

「わが家のルーツは六〇年安保」と私は思っている。

私たち夫婦は一九六〇年、日米安保条約改定反対闘争、いわゆる六〇年安保闘争のさなか、岸内閣が改定安保条約の国会採決を「強行」する二日前の五月十七日に結婚式を挙げた。春から日取りを決めていたせいでもあったが、当時、私は東京・三宅坂にある社会党本部の書記局に勤務していたため、新婚旅行は禁止、結婚した翌日にはなんと徹夜の国会包囲デモという異常なスタートであった。したがって安保の歴史と夫婦の年輪は同じである。

なぜそんな非常識な日取りになったのかというと、三月末に結納をやるときに、六〇年安保闘争のセンターだった安保反対国民会議の幹事会に相談した。すると当時の反安保闘争指導部の名誉にかかわるかもしれないが、「五月中旬になったら安保闘争は流れ解散のように終わるはずだから大丈夫」と読んでいた。ところが五月になったら日本中が安保反対で燃えあがるような事態になっていた。そして幹事会では「伊藤君の結婚式は中止だ」というのである。

私は若かったせいもあって、「あなた方は三月にどう言ったか」と言って論争した結果、新婚旅行は禁止するが、結婚式出席のためにあらゆる会議を二時間だけ空白にする、という妥協案になったのである。

結婚式では元社会党委員長の鈴木茂三郎さんや浅沼稲次郎さんらがお祝いをのべてくれたが、一時間足らずでみんないつの間にか姿が見えなくなった。何人かの祝辞で「子どもが生まれたら安保と名前をつけろ」など冗談半分の言葉があった。神式の厳かな式典のときに、社会党東京支部の宣伝カーが近くに来て、「安保反対、伊藤さん結婚おめでとう」とマイクで流していった。「安保反対」が式典のバックグラウンドミュージックだったのである。

そういう動乱の中で、しかも社会党書記局員で安い会費制のパーティだったから、今は当たり前の行事である披露宴のウェディングケーキのケーキカットはなかった。これまで妻と二人でたくさんの仲人をしてきたが、披露宴で新婚夫婦のケーキカットを見るたびに

結婚式（上）と新婚旅行

羨ましくて、「一生に一度で良いから（当たり前のことだが）、あれをやってみたかった」と言いあったものである。

結婚式の翌日は五月十九日。衆議院での安保採決の「強行」が予定されていた。私は国会を大きく包囲する多くの人々の抗議デモの指揮にあたっていたので、電話のなかった新居の妻のもとに、国会郵便局から「コンヤカエレヌ（今夜帰れぬ）」という電報を打った。妻の旧姓「渡辺」が「伊藤」になった実感がないために、旧姓の「渡辺玲子」にして電報局から怒られてしまった。

今でも夫婦のスタートのときの記念に、その電報を大切に保管している。したがって私たちにはハネムーンの体験はない。八月になって「伊藤君、新婚旅行を禁止して気の毒だったな、遅れたが新婚旅行に行ってよ」と言われて信州の温泉に二人で行ったが、そのときは、もう新婚時代は終わり、夫婦喧嘩の練習期に入っていたのである。

そういうことで六〇年安保闘争の激動の中で二人は出会い、結びつき、愛を確かめ合い、ゴールインした。慶応大学付属病院の院長秘書の仕事をしていた彼女と、しょっちゅう電話連絡をしてセッセとデートしていた。どんな忙しいたたかいの中でも恋はできるしデートもできる、そういう体験報告を一九六三年の原水爆禁止世界大会で、国際会議事務局長を務めていた私がやったら百人近い外国代表からヤンヤの喝采を受けたこともあった。

私は安保条約改定反対国民会議事務局次長として送った青春の日々と、文字通り「翔ぶがごとく」変化する世界と日本を思うとき、深い感慨にとらわれる。当時は安保反対国民会議事務局長の故水口宏三さん、次長だった岩垂寿喜男さんと一緒に警察から「安保三悪人」などと言われていた。

水口さんは社会党には珍しい文化人でグルメだったし、岩垂さんは当時からの変わらぬ信念に生きて活躍している。あのとき私は、国会のまわりの銀杏並木の小枝にまで「安保反対」のシュプレヒコールが染み込んでいるという思いがした。いま安保世代の人生という気持ちを込めながら、安保でスタートした「ふたり」と「安保」の過去・現在・未来を考えるのである。

初陣・初当選

一九七七年に私は神奈川県第一区で衆議院選挙にむけた社会党の公認候補になった。

私が四十八歳、玲子が四十四歳のときである。

初めての東京での励ます会が霞ヶ関ビルの東海大学交友会で開かれた。励ます会では当時の社会党の理論的支柱の大内兵衛先生が「私は伊藤君は議員になるよりは、党本部でなくてはならない存在になってほしいと思っていたが、本人が出馬すると決意した以上はぜひ当選するよう頑張ってもらいたい」と挨拶してくれた。家に帰ってから妻に「どうしてああいう言い方を先生はしたのかな」と言ったら、玲子がこんなことを話してくれた。

「実はあなたとデートしているころ、社会党本部勤務という変わった職場の人と娘が結婚するということになって、両親はとても心配した。それで大学の学務課に調べに行ったら、いま先生がいますから大内先生に会ってください、と職員が言うので研究室に行って『あなたの弟子の伊藤という青年と私たちの娘が結婚するのだが大丈夫だろうか』と質問したら先生は『伊藤君はおとなしい内気な青年で、間違っても選挙に出るような騒ぎはしないから大丈夫だ』と言われた」。

普通で言えば先生の証言は「偽証」になるところだが、先生がそう言うのも当然だと思う。内向的で気の弱い青年だったのは事実なのだから。実際、学校の友人たちは私が選挙に立候補すると聞いて、「あのおとなしい伊藤君が選挙に出て人前で演説など出来るはずがない、それは嘘だ」と言っていたという。

初選挙の前年。左は玲子。（1975年、社会党本部）

初当選で飛鳥田一雄氏とがっちり握手。

玲子が倒れて九年目になったとき、大内兵衛先生のご子息である恩師の力先生からお手紙をいただいた。そこには「私の引退の決心を理解する」という言葉と「君がはじめて選挙に出るときに励ます会で、伊藤君は自分で立候補するのだからそれでいいが、奥さんは候補者以上に苦労する、奥さんを大事にしなさい、と言ったことを覚えているか。生涯、心残りのないように奥さんの看護をしなさい」と書かれていた。

「夫婦は一生懸命」という題名の橋田寿賀子さんの作品があるが、初めての選挙で私たちも「夫婦は一生懸命」だった。

誰の場合も、おそらく男の政治家は特にそうであるが、私にとって「女は強い」という気持だった。彼女にそんなことを口にしたことはないが正直な私の実感である。立候補のために、初めて横浜市金沢区から同じ市内の青葉区に引っ越した。横浜の南の端から北の端へ、引っ越し道中で私はこれからどういう人生行路を歩むのか、心細い気持ちになったが玲子は張り切って堂々としていた。

息子の進は通学していた金沢中学校や家が変わるのをとても嫌がって、「選挙をやるお父さんだけが引っ越せばいいんだろう」とぐずっていた。引っ越した後も金沢中学校の先生の写真を机の前の壁に貼って、前の学校生活を懐かしそうにしていたが、選挙の年の正月に「お年玉をやる」と言ったら、「お父さんの選挙が終わるまではお年玉はいらない」と言ってくれた。

そういう家庭の官房長官兼大蔵大臣と子どもの母と、私の特別秘書と、玲子は本当によくやってくれた。選挙運動の最終日はいつも自宅の近所の青葉台中学校で最後の個人演説会をやるのだが、参加していただく皆さんはほとんど玲子の付き合いの人々、妻の電話連絡で来てくれる人々である。選挙運動の最初はお金もないし、車もなくて、青葉台から西区の朝立ち（早朝演説）に行くのに、朝の五時過ぎに家を出て電車を何度も乗り換えて行くような日々がつづいた。玲子は私より先に起きて私を送り出すのである。

それにしても私は、良き先輩、良き友人と、良き妻に恵まれた、幸せな政治活動のスタートを切ることが出来た。

後見人には飛鳥田一雄さんがおり、横浜事務所は長洲一二さんの学者文化人の会の場所をそのままいただいて、コーヒー皿まで長洲さんの残したものである。先輩議員にあたる野間さんも本当に真面目な人だった。私の最初の選挙は任期満了で行われた珍しい選挙で、解散になりそうでならない日々がつづいた。結局ポスターを貼り各区の集会をやり戸別訪問を繰り返して、三回分も選挙運動をやったと言うことだったがそれで私も横浜市民の代表になれたのだと思う。

私の初陣の合い言葉は「横浜・神奈川から革新政治をめざす新しい力を」であった。全国の革新市政のシンボルであった横浜、革新県政を実現した神奈川から、その革新のたいまつを掲げて国政へ、ということである。初当選、初登院の日にはその思いを噛みしめながら国会の正面玄関の階段を上がったのである。

万年野党なら辞めなさい!

玲子の言ったことで、いつまでも私の頭に刻まれている言葉がある。

「万年野党ならもうやめなさい!」。それは五五年体制最後のころだった。いつになく厳しい、怒った口調で「えらそうなことを言って、政権もとれないくせに、そんなことならもう議員も選挙も辞めなさい。あなたが必死に新しい政府をつくる気持ちがあるのなら、私も懸命に支えるけど……」と私に言ったのである。

左から飛鳥田一雄、長洲一二の両氏と著者。

彼女には以前から社会党の体質への強い不満があった。大言壮語しながら本気で政権を取ろうとは思えない抵抗政党の姿に反発を感じ、しかも苦労して支えている自分の夫が、そういう言動をすることに耐えられなかったのだと思う。最初の当選の頃から「私は家庭で伊藤の野党です」とマスコミの取材にも公言していた。また「万年野党の妻ほどツマらぬことはない」とも言っていた。それは自分の大変な苦労が報いられる活動を期待する気持ちの表現だったと思う。

神奈川県知事をつとめて亡くなられた長洲一二さんの奥さんと玲子は、生け花の同門ということもあり、仲のいい付き合いをしていて、長洲夫人と長電話をするのが楽しかったようだ。

長洲さんの奥さんも、「玲子さんと電話して楽しかった。明るい人だった。尽きない苦労話など時間を忘れて話しあった。今もたまにお花を活けると玲子さんのことを思い出します」と心のこもった思い出をおっしゃっていただく。私が家にいるときはいつでも、長電話していた。

いつのことだったか、近くにいてその会話を聞いていたら、「われわれの主人たちは外に行くと先生、先生とかチヤホヤされる。気を付けないとだんだん自分は偉いと思って人間がおかしくなる。政治家が人間としておかしくなると社会がおかしくなる。したがってわれわれは団結して厳しく主人どもを監督しなければならない」と言うのである。「おまえはそんな同盟をつくっているのか」とビックリしたことがある。

そういうわけで、当時の社会党に彼女は相当の抵抗感を持っていた。それは市民感覚での実感だったのだろう。

よく「わが家の朝までテレビ討論」などと言って友人と笑っていたのだが、国会で私が本会議の演壇に立つときなど、自分の性格で事務局が書いたものでは気に入らないので、自分で全部書くことにしているのだが、出来上がると妻と息子が「見せろ」と言うときがある。それからが大変で深夜まで厳しい討論になってしまう。

党内では政審会長が書いたのだから、ということで無審査なのだが、妻と息子の市民派二人の審査では「書き直せ」と注文を付けられる。彼らは「われわれは市民代表なのだから」と威張るのである。ひどいときは妻が「そんな空威張りの演説をするのならテレビ中継になったらイヤだから、私はデパートに買い物に行く」など非情きわまる発言もあった。

その後社会党は九三年の総選挙で議席を半減させ、政権交代になって与党になり、社民党に党名変更し、新党論争で民主党に多数が移行して小さい政党になってしまった。社会党の体質を厳しく見つめていた玲子の「市民の目と心」をいま噛みしめる。彼女は「ようやく今頃そう思っても遅いわよ」と私に言うであろうが。

いま多くの国民は永田町（政治家）の世界を腑甲斐ないという気持ちで見ている。それは選挙のたびに示される無党派層の異常な多さに表れている。政治不信といわれるが、本当は政治家不信なのだと思う。市民と政治家との心、信頼の絆が切れているのである。

玲子には「万年野党の代議士をタラタラやっているのだったらもう辞めなさい」と何回言われたことか。政府の悪口を言うと「自分で政権を取れないくせに」と憎まれ口をたたいていた。大変な土井たか子ファンだったが、私には「しっかりして委員長でも何でもやりなさい」とも言っていた。

倒れた玲子はいま何を私に望んでいるのだろうか。日夜ベッドの側に付き添う夫であってもらいたいのか、淋しさを越えて立派な政治家としての活躍をねがっているのだろうか。倒れた玲子が病院で悲しむようなことにはならないと思う。あの世で歓談するときに怒られないように。

我が家の宝物

我が家には二つの宝物がある。

一つは「浅沼稲次郎さんの万年筆」である。浅沼稲次郎さんが一九六〇年十月十二日、日比谷公会堂で右翼青年の凶刃に刺されて亡くなったとき、六〇年安保闘争のセンターにいた私は奥さんに浅沼委員長の形見をおねがいした。奥さんは「伊藤さんとは深いお付き合いでしたから何がいいか。主人のモーニングを上げてもサイズが全然合わないし、伊藤さんは政策派ということですから、浅沼が使っていた万年筆をあげましょう」と、いただいたものである。

もう一つは大内兵衛先生の「天下無敵」の書である。

美濃部亮吉さんが初めて東京都知事選挙に出馬した六七年四月、私は大内先生の不肖の孫弟子のゆえをもって選挙運動団体だった「明るい革新都政をつくる会」の総務部長を務めた。選挙戦の直前に先生が事務所に来られたときに、事務所の壁の正面に掲げる恒例の

「祈必勝」という張り紙を書いていただくようお願いしたら、大きな紙に「天下無敵」、そして大内兵衛と堂々とした文字を書かれた。歴史的な勝利を果たしたあと、みんなで「これは歴史的なものになったが、誰が保存するか」という議論になった。議論の末、「伊藤さんは大内先生の鎌倉幕府（当時から大内先生は鎌倉にお住まいだった）のエージェントだから」ということで、我が家の宝物になった。

玲子と二人で大切にしてきた。そういう宝物の存在もあって政治に無関係の家庭で育った彼女であるが、「万年野党なら辞めなさい」というはげしい発言をするようになったのかも、と思うのである。

夫婦の生活が一変

一九八六年の秋から私たち夫婦の生活は一変した。

この年の六月の総選挙で私は五回目の当選を果たすことが出来た。選挙後のいつもの例

故大内兵衛先生の「天下無敵」（読売新聞社提供）。

で玲子の奮闘への感謝を込めて休みを取ることにした。選挙後の数日間だけは、すべて妻の望むままに好きな食事をしたり、ドライブしたり、まるで召使いのように奉公することにしている。

その年も長いなじみの箱根の旅館、芙蓉亭で数日を過ごした。彼女の希望で湖を一周するドライブに行き、夜はレストランのトリアノンでご馳走したり水入らずの数日を過ごしていた。するとテレビで私が社会党の政審会長に推薦されている、というニュースが流れた。「あなた大変なことになるわね、そうなったら頑張ってね」と玲子は私に言ったが、それから生活が一変してしまうとは彼女も予想しなかったろう。

同じ年の九月に社会党の全国党大会が開催された。

全国大会では、石橋政嗣さんに代わって土井たか子さんが委員長に就任し、私が政策審議会長、大出峻さんが国会対策委員長に選ばれた。同じ横浜市内選出の「横浜コンビ」で政党の最も重要な部分を担うことになったわけである。その後に八七年には売上税廃止があり、八八年には激しい消費税論争が始まった。当然ながら、責任は政審会長であり、税財政を担当する大蔵常任委員会に十年も席を置いた私としては正念場の仕事である。

八九年四月、春爛漫の京都での社会、公明、民社、社民連の四党首会談から四野党連合政権協議が始まり、その進行役は私を含む四人の政審会長が担当した。

その夏には、消費税廃止関連法案の作成で休みなく暑い夏を過ごした。秋口に九本の関連法案が出来上がり、記者会見したときに新聞記者から感想を聞かれ、「汗でなく税にまみれて夏終わる」と言ったことを覚えている。

単なる反対ではない、あるべき間接税と財政責任を含めた責任ある対応をするのが建設的な野党の責任である、という気持ちだった。その法案が参議院で年末に可決されたときの感動は忘れられない。

この間に、新聞やテレビで「仲良し政審会長」として有名になった私たち四人の政審会長は、北海道で仲良し合宿勉強会をやった。そして九〇年二月の総選挙では、私はトップで六回目の当選を果たした。国際的にはベルリンの壁が崩れて、冷戦時代からポスト冷戦時代へのドラマが進行していたときである。

政治家の妻として

それまでは毎日どんなに遅くなっても横浜の自宅に帰るきまりだったが、早朝からの会合が連続することもあって赤坂宿舎に泊まることになった。引っ越しは玲子が陣頭指揮をとって、生活用具を整えてくれた。いつも宿舎のハンガーには掃除に来る玲子の赤いエプロンが掛かっていた。

ウィークデーはもちろん家に帰らないし、土日もテレビの収録などで帰らない日がつづくようになった。それから玲子が倒れるまで、連立政権の政審会長や幹事長としての党内外の仕事や、自分で納得しないと気がすまない性格もあって、勉強に追われ、「夫不在」の生活になってしまった。それは離れた選挙区を持つ多くの国会議員の宿命でもある。そういう生活がひどくなってきた頃、玲子は「あなたは社会党以外は何も考えないのだから幸せ者よ」とやや皮肉っぽく私に言ったものである。

そのめまぐるしい日々の私を、自宅にいて玲子は懸命に支えてくれた。夜十一時頃に電話するので「11ＰＭライン」とよく冗談で言ったが、いつどこにいても、日本であろうと外国であろうと夫婦の会話のない日々はないようにした。

しかし私は仕事だけに没頭してしまって、たまに家に帰っても自分の勉強部屋にこもってパソコンに向かうようになってしまった。倒れるしばらく前に玲子は「伊藤は前はとてもやさしかったのに役職に就いてからは見向きもしてくれない。私は未亡人、一人息子は離れた病院勤務でわが家は離散家族と同じ。もうあきらめたの」と親しい友人に言っていたと言う。

玲子が体調をくずして寝込んでしまったときがあった。

仕事から抜けられない私は、心配しながらも会議の合間合間に電話をするしかなかった。そのうち電話にも玲子は出なくなってしまった。しばらくしてようやく電話に出られるようになって、その夜に家に帰って彼女に聞いたら、電話の音を聞いても起きる気力がなくてうつらうつらしていた。そのうち私の電話の音と同時に、あなたと進が「ママどうしたの、大丈夫か」と叫びながら玄関に飛び込んで来たのを夢で見て目が覚めて電話に出たの、と言った。その夜、親子三人でどこかで、誰かが倒れたらどう連絡を取りあえるのか、と深刻に相談しあった。

政治家と金のことも、とてもうるさかった。まるで会計検査院と同居しているような気がするときもあった。

消費税反対運動では、亡くなった旭化成会長の宮崎輝さんと親しくさせていただいた。繊維業界の専門新聞に「私の推奨する政治家成長株は伊藤さん」など、身のすくむ思いがするコラムを書いていただいたこともある。

深夜まで精力的に働き、朝に眠る宮崎さんの生活サイクルで夜の十一時半頃に電話をいただいて、日を挟んで長い会話をしょっちゅうしたものである。自宅に電話がかかってくると取り次ぐのはもちろん玲子である。そのついでにさまざまの会話もあったようだ。

そんなお付き合いが二年もつづいた頃だったか、夕食をして帰り際に宮崎さんが「いつも奥さんに夜中に電話しているので、奥さんに何か好きなものでも買って下さい」と言って封筒を渡された。もちろん厚いものではなく薄いものである。

家に帰って玲子に渡そうとしたら彼女はカンカンになって私に言うのである。「あなたは政治家だから、政治資金をいただくことがあるでしょう。しかし私は政治家ではないのだから、いくら親しいお付き合いをしても、おカネをいただく理由は全然ありません。そう言ってお返ししなさい」と言うのである。

宮崎さんに「女房がそう申しておりますのでお気持ちだけ頂戴します」と言ったら、

「伊藤さんの奥さんは立派な人なのだな」と言ってくれた。玲子にとってはそれが当たり前のことなのだった。宮崎さんは天国に逝かれ、玲子との夜遅くのなつかしい会話はもう二度とない。

和枝という名のバラ

私の家の玄関のそばに大切にしているバラのひと株がある。

その名前は「和枝」という。私は家を出るとき帰るとき、うすいピンクの花が咲いているときも、冬に枝だけになっているときも、深い思いをこめて眺める。「和枝さんこんにちは」と言いたい気持ちである。それは突然の米軍ジェット機墜落で、全身大火傷を負い、一晩のうちに二人の愛児を失い、その悲しみと闘病の中で亡くなった土志田和枝さんを偲んである園芸家が創作した株を、和枝さんのお父さんの勇さんが私の家の庭に植えてくれたものである。

一九七七年九月二十七日、私の家の近くの横浜市緑区（現在は青葉区）の荏田町で米軍厚木飛行場に向かっていた米軍のファントム戦闘機が墜落した。

直撃された和枝さんの家は火につつまれた。その翌朝、当時三歳だった裕一郎君と弟の康弘君の二人は私の自宅のすぐそばの病院で全身大火傷で亡くなった。お父さんの土志田勇さんの言うところでは、二人とも「お水ちょうだい」と必死にもがきながら、裕一郎君は「バイバイ」と言い、康弘君は「ハトポッポ」の歌を口にして、息を引き取ったという。

私にとってその父と娘の物語は生涯忘れられないものである。

墜落の知らせを聞いて、私は九段会館で開かれていた社会党大会から現場へ急行した。現地ではまだ墜落して地面に突き刺さって炎上した戦闘機の煙が上っていた。

土志田さんとわが家とは花の縁である。玲子の生け花教室は、青葉台の駅前にある土志田さんの経営する青葉台ガーデンからお花を買っていた。生け花教室と同じ長いお付き合いである。

したがって和枝さんの悲劇は人ごとではない。身近の大きな出来事である。私は事件の地元議員として、内閣委員会に質問時間を取ってもらって総括的な質疑を行い、その中で防衛庁長官に「あなたは二人の愛児を失って重い病床にある和枝さんにどう説明するつも

和枝さんの父、土志田勇さん（右）と。

りか」と心からの怒りを込めて迫ったものだ。

二人の子供が亡くなったことをしばらくの間、和枝さんには隠していた。彼女の病状への配慮からであることは言うまでもない。そういうある日の夜、土志田さんが私の家を訪ねて来た。そして今日は子供の誕生日で和枝さんがどうしても会いたいというので、子供も病院でもうすぐ会えるから、と言ってようやく納得させたら、母から子供への手紙とチョコレートを届けて下さいと託されたという。土志田さんは、死んだ息子への母からのチョコレートを持ったまま訪ねてきて、私と玲子に「私はどうしたらいいでしょう」と言って涙を流すのである。

特段に愛していた娘と可愛い孫の悲劇に見舞われた、土志田さんの気持ちに応える言葉が私にはなかった。土志田さんが帰ったあと、玲子と二人でその思いを語り合った。

その土志田さんが「この世は闇かと思ったが、そうではないですね」としみじみ私たち二人に言ったことがある。それは「皮膚を下さい」というねがいに二百人近い人々が「私の皮膚をあげます」と応えてくれたときである。和枝さんの身体は、全身の大火傷のために皮膚がないために体液がどんどんしみ出してしまう。

これをくい止めるためには、他人の皮膚を、和枝さんに移植しなければならないのである。土志田さんは両足の太股からはがき大の皮膚を四枚ずつ取って和枝さんに移植した。麻酔の切れたあと痛くて身体を動かすことも出来なかったと言う。

このことを聞いた東京新聞が「和枝に皮膚を下さい」という社会面トップの記事を書いた。それからしばらくの間に百八十七人が「和枝さんに私の皮膚を」と応えてくれたのである。申し込んで採血検査を受けた人々は三百人を超えた。「この世は闇ではない」、それはそのときの土志田さんの言葉である。

その和枝さんがもの言わぬ人となって青葉台の自宅に帰ったのは、事件から四年五カ月経った一九八二年一月であった。お悔やみに伺った私に、二十七歳の若い母として子供たちのもとへ行った和枝さんの枕元で、土志田さんは「とうとう和枝は帰らぬ人となりました。私は和枝があの世で喜んでくれるであろうこと、和枝に残してあげたいことをやりたい」と言われた。それは和枝さんの記録の刊行、母子像の建立、和枝さんの思いを福祉に生かしたい、という三つである。

その最初は『あふれる愛に』という本になった。

それは、全身の火傷で喉の声帯も詰まってしまって声が出なかった和枝さんが書いた日記を本にしたものである。私も出版のお手伝いをしたが、ちょうど和枝さんの百日祭（神道）のときに、最終のゲラ刷りを持って弔問に伺ったら、土志田さんが「お世話になった伊藤さんから和枝に日記の本が出来たことを知らせてあげて下さい」と言われた。祭壇の和枝さんの写真に向かって、「あなたの日記が本になりました。爆音のないきれいな青空にするようみんなで力を合わせます」と報告したのである。

さらに二人の子供と若い母の平和への祈りを込めた「愛の母子像」が横浜の港の見える丘公園に建立された。しばらくして私が国会の衆院予算委員会で、「安保体制の影にこういう悲劇があることを忘れるな」と質問したら、当時防衛庁長官だった加藤紘一さんが「ぜひ母子像に伺って花を捧げたい」と言うので、喜んで案内したことがある。

最近、和枝さんの碑が私の家から近い場所に建てられた。そこには土志田勇さんの言葉と母のつやさんの言葉で「巻き添えに　帰れぬ永久の旅に立つ　飛行機飛ばぬ空に安らえ」と刻まれている。

この事件について、新聞記者の方々も真剣に取材して心打つ気持ちの込もった記事を書いてくれた。その物語をテレビドラマにもなった。朝日新聞の外岡さんや読売新聞の弘中さんなどもそうである。私が外岡さんに「あなたはとてもいい記事を書きましたね」と言ったら、彼は「こういうときに胸を打つ記事を書かないようでは新聞記者ではありません」と答えた。

平和の祈りの母子像が建ったあと、二十人くらいの記者の皆さんにお集まりいただいて、和枝さんの写真を飾って、土志田さんと一緒に小さなパーティをやったが、最近の世相を見るにつけ、そういう心ある報道をするマスコミであってほしいと思う。

思い出の旅

玲子の倒れた翌年に私は運輸大臣になった。

日頃、大臣室でよく仕事をしてもらっている秘書官やＳＰなどの皆さんの慰労を兼ねて、晩秋の箱根に行った。しかし私にはそこでの玲子の思い出だけが浮かんでくる。一緒に散歩しながら紫陽花の花や小鳥のことなど話し合ったこと、玲子がインスタントカメラで山百合の花を撮って、それをもとに岩瀬先生が七宝焼きの作品が長く議員会館の壁にかかっていることなど、私の頭はそれで一杯になってしまって、大臣官房の皆さんを慰労する気分でなかった。

箱根で玲子と二人の間で話題になったのは「禁止された新婚旅行」のことで、計画していた山のホテルの「ユングフラウの間」のことである。新婚初夜を過ごす予定であったそのホテルにいつか旧婚旅行で行くことにしよう、と約束していたのである。それも幻になった。九九年の秋、思い立って私は一人でその思い出のホテルに泊まった。

マネージャーに四十年前に幻の新婚旅行の話をしたら、「このホテルの建物は三代目で、それは二代目のときのことですね」と言って、古いアルバムを見せてくれた。ユングフラウの間は今はないが、別の大きめのツインの部屋で夜、一人思いに耽っていると玲子がそこに現れるような幻想にとらわれる。妻を偲んで「幽霊でもいいから出てこい」と言う話があるが似たような気持ちである。

妻と一緒に海外旅行をしたのは一回だけである。

一九九〇年八月、宮沢元首相を団長にして与野党の政策責任者が合同で訪米したときに反安保・反米の渦の中にいた私が、社会党では初めて大統領執務室に入ったと冷やかされたのもそのときである。

その帰途、四野党の仲良し政審会長が夫妻そろってハワイで夏休みをしようということになった。それぞれ夫婦同伴の四プラス四がサンフランシスコで合流し、グランドキャニ

最初で最後の２人の海外旅行（90年8月、ハワイ）。

オンで絶景を楽しみ、ハワイに飛んでワイキキの浜辺のホテルに泊まって、真珠湾を訪れたり買い物をしたりした。私たちを歓迎してくれたハワイの私の友人が、一行の女性たちの中で一番年上のゆえをもって私の妻の玲子を女王様なみに扱ってくれたのが、大いに気に入ったらしい。

しかし無粋なことにNHKからファクスが入った。「テレビ討論あり、至急帰国して出演されたし」というのである。NHKに「誰か他を探せ」と言っても、「誰もいない」という返事である。真夏だから飛行機の座席がとれない、と断ろうとしたら、領事館が気をきかせ過ぎて、無理に座席を取ってしまって仕方なしに帰国した。しかしただの一回だけでも一緒に海外旅行できて本当に良かったと思っている。

第三章　深い河底で・悲しみと激動と

夢で話す「寝台」の話

玲子とせめて夢の中でもいいから話したい。

遠藤周作さんの作品を読んで、玲子の布団で寝てみようと思った。うまくいったら玲子と話せるかもしれない、たとえ夢の中でも、話せたらどんなにうれしいことか。その思いで彼女の布団を引っぱり出してしばらく妻の布団で夜を過ごしたことがあった。

私は遠藤周作さんの愛読者である。『キリストの生涯』『イエスの誕生』や『沈黙』など、私自身は宗教とは無縁だが、よく読んだ。遠藤さんはまた『世にも不思議な物語』のような作品も書いておられる。その一つに「その夜のコニャック」（文春文庫）という短編集がある。その中の「寝台」という作品を妻が倒れたあと、繰り返し読み返した。

それはある女性の一人語りである。

長く病床にあった女性の姉のために、父が神戸の西洋家具店から買った古風な寝台があった。オーク材を使って薔薇の模様が至るところに彫ってあった。その姉は肝硬変が食道静脈瘤と変わり、吐血して亡くなる。その寝台を形見分けにもらった妹が寝ていると、姉の玲子（偶然だが、私の妻と同じ名前である）と話をしている気持ちになってゆく。

一カ月くらいした夜、ある夢を見る。それは今まで逢ったこともない青年がテニスをしていてこちらを見る夢で、十日後にまた同じ青年が夢で笑顔で何かサインをする。それは姉にかかわる人に違いないと思って、彼女は姉の遺品や日記から懸命にその青年を探し出した。

しかしその青年は重症の白血病で入院していた。彼を見舞いに訪ねたら、夢で見たことは「事実」だった。そして間もなくその人が重態になってしまったとき、「自分の最後のときをその寝台の上で終わりたい、玲子さんの寝台を貸してほしい」と頼まれる。寝台が彼のところに行く前夜、その寝台は姉がまるで嬉し泣きに泣いているように微かな振動を妹の身体に伝えてくるのである。そして彼は最後の五日間、心の「愛の臥《ふしど》」で過ごして人生を閉じたという物語である。

名前が同じ「玲子」であるせいもあって、強く印象に残ったのである。妻の布団に寝る、そんな心理状態になっているのも相当気持ちが弱っているせいなのだろうか。あわただしい仕事と、しばらく不安定な妻の状態とがそうさせるのだろうか。

計画的に妻の夢を見るわけにはいかないのは、当然のことである。それはそういう意図を忘れた頃に実現した。

一九九五年八月二十八日、玲子の夢を見た。彼女は病み上がりのようだが、しっかり立っている。何か杖にたよっているようでもある。何人かまわりにいるようだ。いつもの表情で何か話している。私に向かって何か言おうとしている。「玲子がよくなった」と思ったところで夢は終わってしまった。夢が終わり目が覚めてから、胸がいつまでもキリキリ痛んだ。

同じ年の十一月十八日、夢の中で玲子はいつものように寝室の隣の布団に寝ている。どういうわけか布団からずり落ちていて「どうしたの」と言って手をさしのべたら、こちらを見ながら片手をこちらにさしのべる。そこで夢は終わってしまった。床に起き上がって隣をいくら見つめても、妻の布団もないし玲子もいない。彼女が何か私に救援を求めている、ということなのだろうか。

玲子の夢はいつも短い。玲子の友人でも何人か、奥さんの夢を見た、と私に言う人がいる。夢で逢ってくれる友情はありがたいと思うのだが、もっと私の夢に出てきて「会話」

をしてほしい。愛する妻を失った人が「幽霊でもいいから出てこい」と言ったそうだが、その気持ちはよくわかる。

妻なき選挙

一九九三年七月十八日、玲子のいない総選挙の日だ。

妻が倒れて一年余り、彼女の長い苦労に報いるためにも、「頑張って当選したよ」と報告をしなければならないたたかいである。しかし、妻がいないことは片腕をもがれたような思いであった。

午前十一時に投票に行ったら出足はいい感じだった。何人か電話があり「伊藤さんに投票して来た。頑張って下さい」と言われる。振り返ると「新しい政府を創りましょう。いまがそのときです」と訴えつづけたが、本当に重大な選挙だったと思う。

開票が遅れてNHKの当確が出るのが深夜になってしまったので、当選祝賀会は簡単にすます。「絶壁の崖をよじ登るようなたたかいで、勝利できたことは生涯忘れません。これから昨日の伊藤でない活動をします。それが皆さんのご苦労にお応えする唯一の道だと思います」と挨拶した。

翌日早朝に病院へ。生け花の家元の勅使河原和風先生からいただいた、赤と白のバラの花かごを持って行く。玲子は両目を開けたり閉じたりしている。肩をたたいて耳元で、「選挙は終わったよ。当選したよ。ママのいない分もみんな一生懸命にやってくれた。最終日の青葉台の演説会もみんな来てくれた」と言うと、玲子は目を開けて口を動かしてクーという声を二回出す。わかってくれていると信じる。玲子のいない選挙は終わった。選挙中に病院へ行って面会できなかった罪滅ぼしに、そのあとは毎日玲子に会いに行った。

私にとって気持ちの支えになったのは、「奥さんの分もみんなしっかり応援しますよ」と言ってくれて、自宅を守って電話作戦までやっていただいた玲子の友人、選挙の婦人部の皆さんである。奥さんを亡くして独身で選挙をたたかい立派な活動をしている同僚もいる。しかし意識を失った妻を看取りながら、という人のことは聞いたことはない。これで妻との会話が出来るとき、それはおそらくこの世ではないだろうが、そのときに「あなた、よくやったわね」と言ってくれるだろう。あの世でも「あなた、だらしないわよ」とガミガミやられたらとてもかなわない。

「新しい政府を創りましょう。いまこそそのときです」とマイクを握って訴えつづけた。この選挙は結果として、戦後三十八年間にわたり自民党が万年与党であった、いわゆる五五年体制を突き崩す歴史的なときとなった。

国会解散は六月十八日。宮沢内閣不信任案が衆議院本会議で可決されることによって行われた。自民党は分解して三十人余りの新生党が結成され、さらに新党さきがけが出来た。「幕末の幕府」とも言うべき状況だったのである。そして自民党は過半数を失った。しかし野党第一党であった社会党は、議席半減の惨敗となった。「歴史が動くとき」とはこういうものだろうか、そして翌月には非自民の連立政府が実現するのである。

玲子が元気だったら「当たり前のことよ」と言っただろう。胸に手をあてて考えれば自民党が過半数を失うことも、自分の党が減ったことも当然の結果だった。「万年与党は腐敗する、万年野党は堕落する」と言われる。長期にわたる政権は権力と利権の構造になって腐敗するのは必然であり、政権への迫力を持たずに抵抗だけの政党はマンネリと知的怠慢によって国民に魅力を失ってしまうのも当然のことなのである。

妻のやかましい意見もあって、私もぼんやりと過ごしたわけではない。古い社会主義から政権を担える党へ、政権交代と連合の政治は普通のことと考えて努力をしてきたつもりである。日本で初めてイギリスのような「影の内閣」を社会党で作ったのも、政策責任者としての私の提案によってである。

しかし私が影の内閣の副首相を担当している当時に、仲間内でこう言ったことがある。「影の内閣の閣議室は参議院の三階、そこと本物の首相官邸の閣議室との距離は直線で二百メートル、議員会館の私の部屋と官邸の距離は百メートル余り、その短距離をゴールまでどれだけのタイムで走れるのか、それがシャドーキャビネットの価値を決めることになる。懸命に走ろうではないか」と。

私は影の内閣の創設に努力したものとして、二年程度で「影」の時期が終わったことにほっとしたものだが、それまでの三十八年間は余りにも長かった。万年野党の卒業証書をもらうまで、授業料も高かったし在学期間はあまりにも長かった。

独りで夜を過ごすわが家から選挙の戦場への日々は終わった。この大きな変化のときを妻と語りあえなかったことが淋しい。

大臣になった日

一九九三年八月九日深夜、皇居の認証式でいただいた運輸大臣の任命書と首相からの辞令を持って病院へ駆けつけた。深夜のせいか、玲子の肩をたたいて「大臣になったよ、玲子」といくら呼んでもほとんど反応はない。寝ている玲子の顔の上に辞令を広げて「ママ、見てよ」と叫ぶとかすかにクーとか弱い声を出す。

前日の夜七時に病院に来て、「もう万年野党ではないよ、明日、閣僚になるんだ」と言ったときには目を開けて激しくせき込んで興奮して、あわてて手をさすっていたらようやく穏やかな表情に戻ったのに。せめて「おめでとう」「おまえの苦労のおかげだよ」という、ひとことの夫婦の会話が出来たらどんなに幸せか、と思う。

「万年野党ならもう辞めなさい」と私にネジを巻いていた彼女に、今日の政権交代の日を見せてやりたかった。お祝いの花束を玲子の側に飾った。

衆院予算委員会で細川首相（前列右）と。

あわただしい一日だった。早朝からたくさんの友人から電話があった。陸軍士官学校同期生の内藤医師が「奥さんが見守っている、ホントにそう思うよ」と言ってくれる。朝九時に予定通り官邸からの「総理がお待ちです、急ぎおいでください」という、いわゆる「呼び込み」の電話が入った。

官邸に入ると順次首相執務室に入って細川さんから運輸大臣に、と言われる。「伊藤さんには特に言うことはないですね、よろしくおねがいします」と言うだけで、簡単に終わって出る。会館から官邸に入るときは、秘書の佐々木君とマークⅡの車だったのだが、そのマークⅡが玄関で見つからない。見渡していたら「大臣、車はこちらです」と黒いセンチュリーのドアを開けて秘書官とＳＰと運輸省の官房長が呼んでいるではないか。

そのうえ、玲子の病院から自宅に帰ったらポリス・ボックスが建っていて、お巡りさんが二人立っている。たくさんの祝電も来ている。缶詰のカレーとレンジで暖めたご飯をひとり淋しく食べてひとりぼっちの夕食。玲子がいてくれたらどんなにかうれしい会話の夜食だっただろうに。それとも彼女のことだから、早速きびしい注文を突き付けたのかもしれないが。

三十八年ぶりの政権交代のドラマ、それを私は玲子がいつも言っていたことと重ねて考える。万年与党・万年野党のいわゆる五五年体制は国民の力で崩れ去ったのである。その政権交代が、社会党の議席半減という惨敗のときに起きたことは重い。

その後の動乱の連立政治の時代に社会党は社会民主党に名前を変えたが混乱つづきで分解し、いま小さな政党になってしまったことを胸に手をあてて考えるのである。政権交代のときに社会党の「影の内閣」が「表の内閣」になるのだ、という考えで、党の古い顔の順送りの入閣でなかったことがせめてものことだったと思う。社民党内のうるさい議論よりも「我が家の官房長官」の意見に耳を傾けたほうが正しかったような気がする。

「嵐の中の八カ月」と私は実感を込めて細川内閣当時を評している。たくさんの出来事があった。深夜、未明の臨時閣議や打ち合わせがあった。とくに、その中で週に四回は妻を病院に看取る欠かせない時間がある。日夜つきあう秘書官やＳＰの皆さんには大変な苦労をかけたと思う。

最後の「嵐」は内閣総辞職の翌日に起きた。

名古屋空港で中華航空の旅客機が墜落したのである。総辞職したが、後任の運輸大臣はまだ決まっていない。当然ながらあとの大臣に引き継ぐまでは私の責任である。タクシーで役所に飛び込んで政務と事務の次官や官房長、航空局長を集めて緊急本部を設置した。

二人の総理――次の羽田さんは国会では指名されたが、親任式は済んでいないので、辞めた細川さんの職務である――に連絡し、「持ち回り閣議で内閣に対策本部を設置して下さい。私が一日だけの本部長になります」とお願いし、ヘリコプターで名古屋の現地に飛んだ。大きな交通事故が発生したときの対策の指揮の責任は運輸大臣である。「青信号の運輸行政」をスローガンにしていた私としては、こういう最後の嵐があったことは本当に残念なことであった。厳しい原因追求と徹底した防止策を後任の二見伸明さんにたのんだのである。

愛する妻の意識がないなかで閣僚の仕事が終わった。いつか目覚めた日に玲子は、「あなた、よくやったわね」と言ってくれるだろうか。

「赤い勲章」をつけた母

玲子が倒れたときに田舎にいた母の千鶴は、心配して私に電話するたびに電話で泣いていた。「私は年をとってしまっていつ死んでもいいのに、茂にとって何よりも大事な玲子

前列右から二人目が母・千鶴。

さんが倒れてしまって、私が玲子さんの身代わりになってやりたい」と。その母が忽然としてこの世を去ってしまった。

私が運輸大臣に就任し、生まれ故郷の山形県に帰ったときに、私の田舎の舟形という小さな町が大臣就任祝賀会を公民館で開いてくれた。祝賀会では、鈴木町長の気配りで、花を飾った演壇に私と並んでその母を座らせてくれた。そして私と同じ赤い大きな花が母の胸にも付けてくれた。母は腰を痛めていて車椅子に乗って娘に押してもらっていたが、農家の嫁となって働きつづけ懸命に私たちを育てた母の人生にあっては、初めての、そして最後の晴れ舞台であったと思う。

母はそのあと、その赤い造花を「これは茂を育てた私の勲章」と言って大切に自分の部屋の壁に掛けていたという。米寿の祝いを目前にして、その母はコトンとあの世に逝ってしまった。私は母を棺に収めるとき、棺の中の母の胸に「勲章」をそっと置き、「ばあちゃん、赤い勲章をつけて天国に行ってね」と言った。

社会党はやかましい人がいるところで、私が「親不孝ばかりだったが、せめて大臣になった姿を見せて上げたのが唯一の心の慰めでした」と挨拶状に書いたら、「お前も大臣病になったか」というはがきが来た。私は大臣病になったつもりはない。それは「母と子ども」の気持ちを言ったつもりなのだが。

玲子が倒れたあとの私のことを心配してくれた母はもういない。あの日々のことをいつも振り返って思い起こすのである。大臣就任二月後の消えぬ思い出である。

赤と黒の手帳

妻の倒れた一九九二年三月六日――あの日から、私のポケットに入っている手帳は赤と黒の二色の文字で記入されている。

「赤」は妻の病状のこと、「黒」は激動の政局の活動の日誌である。それはもう九冊目になった。あの日から私が一日も休まずつづっている日記は「玲子と共に」という題名で記録されている。私の毎日は「一人」ではなくて「二人」だという気持ちを込めたのである。私たちと同じ境遇にある多くの人々が同じ気持ちで懸命に愛する人を看取っていると思う。

玲子が倒れてから八年余の日記の中には、いろいろな出来事が記されている。動乱の政局、混迷する社民党、そして妻の病状の変化である。

最初の一年は「赤」のほうが多いが、「黒」だけの週がいくつかある。それは妻のことを思いながら、大事な国政の問題に集中しなければならなかったときのことである。

その一つは九五年秋、沖縄で米軍の三人の海兵隊員による少女暴行事件のときである。幼い少女が米兵によって暴行された。モンデール大使も「アニマル、アメリカの恥だ」と言ったが、私も怒りにふるえた。

沖縄が「怒りの島」となったことはいうまでもない。こういう事件が祖国復帰になってからも含めて五千件近く沖縄で発生している。私は社会党の外交調査会長と外務部会長をやっていて、連立三党の外務調整会議の座長の一人だったが、強硬に主張して沖縄対策与党調整会議を組織して、その座長となって懸命に地位協定の改革などに取り組んだ。

ヨーロッパの米軍、たとえばＮＡＴＯのドイツ駐留に関する地位協定などでは「米軍基地といえどもドイツの主権」という原則が断固として確立している。世界に例のない膨大な「思いやり予算」の支出を含めて、日本では占領下の取り決めがほとんど変わっていない。日本は植民地か、と言いたくなる内容のままである。社会党の一員として、沖縄の心を心として懸命に努力するのは当然の使命である。

とくに私の「沖縄物語」の歴史は四十年になる。社会党の国民運動部長、国民運動委員長として長く沖縄を含む平和運動にかかわった者として、私が責任を持ってやらなければならないことである。その長い年月のこと、あのときのさまざまの与党政府での議論や駐日大使のモンデールさん、国防長官のペリーさんなどとの話しあいのことなどはここで詳しく述べることは出来ない。

しかしいつも記憶に消えることのないのは、十月二十一日に開催された県民大集会での沖縄の女子高校生の訴えである。その少女は海兵隊の普天間基地のすぐそばにある高校の生徒である。宜野湾市の街のど真ん中に広大な面積の普天間の軍事基地があり、町の人々はそのまわりに肩をすり合わせるように住んでいる。彼女の高校も毎日毎日、攻撃型大型ヘリコプターの爆音に包まれている。その高校生は「こんな悲惨なことが相次いでいます。私たち沖縄の少女の未来に希望はありません。もうヘリの爆音はいりません。軍事基地もいりません。静かな青空を私たちに返して下さい」と訴えた。

玲子と会えない、手帳にほぼ一週間「赤」がない二つ目は、社民党の分解騒動のときである。野党第一党としての長い歴史が完全に終わり、小さな党になってしまったときである。政党の興亡は歴史の必然かもしれないが、自分の人生を賭けた党がそうなったことは胸にこたえる。「万年野党なら辞めなさい！」。怒った表情で、真剣な顔で、私にそう言っていた妻が意識があって口がきけたらどう言っただろうか。おそらく深夜までの夫婦の会話があっただろう。

九六年九月二十七日、長い新党論争から民主党結成、そこに多数の社会党の仲間が移動して動乱の中で国会解散の日になった。

解散の直後に両院議員総会が開かれたが騒然たる雰囲気で、幹事長をつとめていた佐藤さんが離党を表明した。解散の日に党務のかなめである幹事長が家出して、別の党に行ってしまうなど前代未聞というものだろう。しかし社会党がそれだけ混乱していたということだ。

会議では即決で私が幹事長に指名された。したがって当時の私の任務は「副党首」「幹事長」「政策審議会長」「衆議院議員」の四つあって、そんな名刺の肩書きは空前絶後とか珍事というべきものであろう。それから村山富市さんが党首を辞任して土井たか子さんに交代してほしいという申し出があって、お二人が揃って記者会見をするまで二日かかった。徹夜状態で連絡にまわった混乱のときである。

大半の社民党議員が民主党に去ったあの騒ぎの中で、私の気持ちには動揺はなかった。息子が「お父さん、フラフラしないでね、ママも病院でそう思っているよ」と言ったが、私は「そんなことは当たり前だ」と答えた親子の短い会話もあった。

あのとき妻が元気だったら、どういう意見を言っただろうか。ひたむきな人生、夢を追った人生の彼女だったのだから、夫を怒りつけることはなかっただろうと思う。しかし社会党の分解と転落の経過については、相当きびしい文句を言ったに違いない。それは戦略的失敗だったし、私も無念に思っている。

最後の総選挙

一九九六年夏、私はひとり部屋にこもって、暗い暑い日々を過ごした。政治と妻との悩みである。妻を看取る長い日々がつづいてこれからどうするのか、暗い川底でもがくような思いの夏である。間もなく総選挙が近づくが、猛然と事前運動をするような気力もない。しかし党人としての責任がある。意識の戻らない妻と政治家としての出処進退と、どうしたらいいのか。人生の岐路に立つ思いであった。瀬戸内寂聴さんの『孤独を生きる』を繰り返し読んだのもこの夏である。夫婦二人、同じ生きかたが出来たらと思い詰める気持ちでもあった。また、飛鳥田さんが「人生しょせんひとりぼっち」と色紙に書いていたことを思い出した。

いつも明るくて賑やかなことが大好きで周りを明るくする飛鳥田さんが、そういう言葉をどうして書いていたのか。「飛鳥田さん、選挙をやる者がひとりぼっちではまずいですよ」と言うと笑っていたが、明るさと孤独とは人間において両面一体だったのかも知れない。

しかし現実は嵐のようであった。

夏が終わって、社会党の動乱の中で総選挙を迎えることになった。九月二十七日の解散、その日に幹事長が家出して民主党へ、私がその任務を引き継ぐという思いがけない展開である。十月の総選挙には、私にとって八回目の選挙である。社民党にとっては、まるで火事場騒ぎのような闘いであった。私にとっては最後のたたかいの思いであったが、選挙区では惨敗、比例で社民党一位にしていただいたので南関東ブロックで当選した。選挙区が金メダルとすれば、重複立候補で比例で当選するというのは銅メダル、とマスコミで言われたものである。

その結果については苦い思いをさせられた。過去八回の選挙ではいつも住んでいる地元の地域でトップの得票をいただいてきた。妻なき七回目の選挙でも地元の得票が支えとなって当選してきたのである。神奈川県は飛鳥田さんや長洲さんなど尊敬する先輩の努力で社会党を中心にする革新のトップランナーとなってきた地域である。それがみじめな結果になったのはなぜだろうか。私はその原因は二つあったと思った。

その一つは社会党の分解である。野党第一党としての長い歴史から変化して政権与党として自民党と手を組み、さらに激しい新党論争で混乱して多くの部分が民主党に移って小さな政党になってしまった。革新のかなめとしての地位は、去ってしまったのである。社会党から社民党にいたる戦略的な失敗だったと思う。この経過の中で、自分の住む家は青年時代から人生を送った党だけという人生論でやってきたが、現実の環境は大きく変わってしまっていた。市民が離れていく、という思いである。

もう一つは自分自身の責任である。今まで私を支えてくれた妻を看取る日々、さらに党の中で、どうしても私の年代が中心になって党務と国会・政策活動で責任を持たなければならない事情があった。私がやっている程度の活動が出来る人は、わが党の中にたくさんいるといつも思っているのだが、国会活動の現実はどうしても当選回数の多い人が中心になってしまう構造である。

若い後輩を育てること、そして自分自身を変えることで対応しなければならなかったのである。玲子が元気だったらどう私に言っただろうか、いまは病床で意識なき彼女はどう思うだろうか、自問自答する。

火事場騒ぎのような総選挙で十五議席を確保したあと、社民党は全国の組織を整備する活動に迫られた。ようやく全国のすべての都道府県に社会民主党の旗を立てることが出来て全国大会を開催したときには、胸の熱くなる思いがしたものである。

さらに自民党・社民党・さきがけ三党の連立を継続することになった。自民党が過半数の議席を持っていない中で、小さくとも自民党暴走のストッパーとして、先進的な政策の提唱者としての実績をあげて存在感を示そうということである。

選挙直後からそのための政権政策協議が行われた。そして橋本内閣に対して閣外協力の立場を取った。私は幹事長として政策決定と国会対策とにかかわる与党協議の責任があった。しかしどんなに忙しくても、妻を病院に看取ることは欠かせない。

その連立は村山内閣以来四年で終わり、九八年六月一日の三党首会談で終止符を打った。私は渦中にあった者として振り返ると、四年の間に三段階の連立の政治力学の変化があったと思う。

その第一段階は社民党が首相を出し衆議院と参議院双方で議席におけるキャスティングボートをもち、数人の閣僚を出していた構造であり、第二段階は首相は自民党だが過半数の議席を持たず、社民党から閣僚を数人出していた段階である。そして第三段階は閣外協力で閣僚を出さず、間もなく自民党が他の会派からかき集めて衆議院で過半数を占めることになった段階である。そこでは自民党との連立の意味はもうなくなっていたのである。その渦中にあった者として、いま真摯にこの経過を振り返る必要があろう。

「さよなら」も言えない

妻の病状は変わらない。

長い長い日々が過ぎる中でどうしても気持ちが落ち込んでくる。私もつらいが私よりもつらいのは玲子だと思う。安定しているときは両目をあけて目玉をクルクル動かし、ときには私の顔をジッと見つめる。身体をさすったり長く話したりしていると、たまには顔を真っ赤にしてせき込む。もちろんひとことも言えないし小指一本も動かせない。

長い長い年月が過ぎ、これからも長い年月がつづくだろう。やがて来る二人の静かなとき、彼女は「さよなら」のひとことも言うことが出来ないのか。なんと残酷なことか。せめて夫婦間でひとことの言葉がほしいのに。神様が人間を創ったときに、夫婦は同じ日付のパスポートでなければ天国に行けないように設計してくれればよかったのにと、そんなばかばかしいことまで考える。そんな不吉なことを思うのも気持ちが弱っているせいだろうか。

八年目に入った頃から玲子の下半身がずいぶん細くなってきた。長い年月、全然使っていないのだから退化するのもやむを得ないことなのだろう。足をさすっていると足首が私の指の輪に入ってしまう。わびしい、悲しい気持ち、どちらかと言えばやや太めの足だったのに。皮膚にちょっとした炎症が起きても抵抗力が弱くなっているせいでなかなか治らない。

そんな妻の顔を見ながら、あわただしい仕事がつづいていると彼女の顔を見ながら、「ママ、ボクも疲れたよ」とつぶやくようになった。そんなとき、私が狭心症になったとき の命の恩人であり、健康管理をしていただいている東京女子医大の温顔のおばさん教授である楠本さんから、「伊藤さん、あなたは奥さんをこの世に残したままあの世に行けませんからね」と言われたのである。まさに現実はその通りなのだ。

尊厳死と「男介の世代」

この年月の間に尊厳死、つまりリビング・ウィルということを真剣に考えた。

私自身、尊厳死協会に加入して終身会員になった。「健やかに生きる権利、安らかに死ぬ権利を、自分自身で守るために」という目的で、会員証には「私の病気が不治であり、且つ死が迫っている場合に備えて、私の家族、縁者ならびに私の医療に携わっている方々に次の要望を宣言いたします」という前提で、そういう場合にはいたずらに死期を引き延ばすための延命措置は一切おことわりいたします、と書かれている。そういう状態になったら、会員証をベッドにぶら下げておけば弁護士が来てくれるというのである。

自分がそういう行動をするなかで、尊厳死が話題とされる社会の動きをいろいろと考えた。一つには日本の社会の変化があると思う。生と死を考える——それは人間の生き方の問題である。かつては仕事が人生のすべて、会社人間とか猛烈社員とかいう時代があった。

いわゆる六〇年安保時代、いま七十歳を超える私たちの年代の経験したことである。しかしいまは人間らしい生き方が人生の、社会の目標になっている。私も含めて、仕事をやめて妻の介護に専念するという「男介の世代」という造語が出ているのも、時代の変化を表現していると思う。

これからは「心あたたまる医療」によって、ホスピスなど苦痛を除いて安らかに人生を終えるような考え方に、次第になっていくのではないだろうか。

きれいに生き抜き、安らかにあの世に行きたい、と誰しもが望んでいる。しかし、その分岐点で悩み苦しむのが誰しもの人生の現実である。妻の可能性への祈りのような気持ちで私は看取りつづけている。一番つらいのは玲子本人、私も出口のない苦悩の中にいる。愛しあう二人、苦悩する二人で人生をつづっている。

医師である息子は「親父、病院は生命を守るところなのだから、そんなに簡単なことではないよ」と言うのだがどうなるのだろうか。

しかし妻には生きていてほしいというのが本音だ。たとえ意識はなくとも、暖かい身体、暖かい血が流れている妻がそこにいる。それだけでもいい、生きていてもらいたいと痛切に思うのである。そして何とかレベルが良くなって、同じ屋根の下で日夜を彼女と一緒に過ごせるようになったらどんなにうれしいだろうかと思う。妻はつらいだろうが頑張ってほしい、私も懸命に支えなければならない。同じ思いをしながら愛する人を懸命に支えている人々がたくさんいるのだ。

人間の生き方、死に方に関連して、私はお付き合いしてきた心美しい人々のことを思う。米軍のジェット機墜落で愛する娘さんを懸命に介護し、いまも娘さんの心を生かそうと懸命に活動されている土志田勇さんもそうである。

私が関係した尊敬する人に宮川宗好さんという人がいる。茶道の先生をなさっていた高齢の女性である。宮川さんは天涯孤独だが財産を持っている。友人の紹介で相談に見えた。そして「もう年になりました。財産はありますがあの世に持って行くわけにはいきません、何か社会のために生きて使われるようにしたいのですが」とおっしゃる。私は相談して育英財団を創って勉強したいがお金に困っている高校生や大学生を助けることにしましょうともちかけ、「宮川宗好奨学会」を創設した。当然ながらさまざまのジャンルの人々でボランティアで役員体制をつくって活動したのである。

その宮川さんは九五年三月二日に亡き人となった。ちょうど私が政府派遣特派大使としてウルグアイに行っていたときである。帰国したら亡くなったことを知らされ、遺言で

「私の遺産のすべてを奨学会に入れて下さい」と書かれているというのである。経過上私が理事長をつとめているが、親友の金子さんが立派に運営を取り仕切っている。超低金利時代で運営に苦労はあるが、支援した学生の数は五百人を越えた。神奈川県では大きな規模と実績の育英財団になっている。

毎年、援助している学生から勉強のレポートが送られてくるが、真面目な勉強ぶりをみていると、日本の将来に希望があると感じる。私は政治家の叙勲などは廃止して、土志田さんや宮川さんのような人々こそ国が表彰すべきだと思う。地位もないが、美しい心で社会を支えている人々をみんなで讃えることで、日本を誇れる国にしたいと考えるのである。

玲子は「心のきれいな人が好き、頭が良くても心の曲がった人は嫌い」といつも私に言っていた。たとえ口はきけなくとも、言葉では話せなくとも、その心が通じていれば濃密な夫婦なのだと思いたい。

第四章　二人で生き抜く日々——妻へ贈る詩篇

あの日から
流れ去る長い長い日々
深い、暗い川の底でもがき
人生を賭けた激動の政治に生き
自分をはげましながら
生きつづけて来た日々の
気持ちを綴った。

あの日・あのとき

一九九二年三月六日午後七時半
あの日、あの瞬間から
私のこころは
ポジからネガの世界に変わってしまった

色彩の消えた世界
その世界を生きる長い長い日がつづく

あの日・あの夜
家は明るく、テレビがついているのに
いくらベルを押してもいつもの「ハーイ」の声はない
いつものようにドアを開けてくれない
鍵であけて入ったら
玲子は倒れている——息も絶え絶えになって
夢中で身体を揺すると
思いだしたように呼吸する
夢中で救急車の手配
病院に運ぶ短い、そして長い時間
救急車からストレッチャーで運びこまれて
彼女の身体はＩＣＵに消える

それからの長い時間
待合室の壁の大きな時計
その針が分を刻み時間を刻む
処置室に消えた玲子
冷え込んだ三月六日の夜

隔絶された世界のような照明の薄暗い集中治療室の奥で
ベッドの側に立つ
聞こえるのは人工呼吸器の機械音だけ
脳波と脈拍と呼吸との
ディスプレイに表示される
青いラインと数字をみつめ
玲子の顔を見つめつづける
祈るような気持ち

三途の川の渡し船に

片足を踏み込んだどころか
三途の川を渡りきって
向こうの岸に
片足を踏みだしたところを
夢中で引っ張りかえした
そういう危機一髪の事態

いつまでも、いつまでも眠りつづける
暗い、暗い道をとぼとぼと
暗闇の道を一人でさまよっていたのだろう
ひとりであゆんでいるのだろうか
寝顔を見つめながらそう思いつづけた三カ月

三十五日たって人工呼吸器がはずされ
百日たって
ようやく目をひらいた

その静かな悲しいまなざし
それまでの暗い道が終わって
今は白い、深い、霧の中を
さまっているのだろうか
生け花の部屋に飾ってある
笠をかぶった道行きの小さい娘の人形のように
とぼとぼと杖をついてさびしく歩いているのだろうか
手を取っていっしょに歩みたい

「奥さんは病院で泣きます」
ここであなたがダウンしたら――
親友が私に言う
あなたが立派な政治家になることを
ひたすら願って
ひたむきに苦労しつづけた奥さんは
あなたが腑抜けになったら

病院で泣きます――
つらい言葉、きびしい人生

激流の政治をめまぐるしく生きる
私たちの国の未来を熱っぽく語り
さまざまの政治課題を激しく議論する
そういう中で
突然に、ふっと心が
暗く深い川底に沈む
切り裂かれた二つの心

生き甲斐は花

玲子が倒れたとき
生け花教室の人たちが
みんなで駆けつけてくれて
玲子の家を守ってくれた
ささやかな生け花教室仲間の皆さん
ひと月もふた月も分担表をつくって
お花で結ばれた心のつながり
お花で結ばれた絆の強さ
どんなに心の支えになったことか
お花の仲間に救われた私

かわいい小さな紫の花を花屋で見つけた
都わすれ――その小さな花束を

眠る玲子の枕元に飾る
三十六年前の春
玲子が初めて私の下宿に来たときに
ブルーの着物を着て
もって来た都わすれの小さな花かご
あの日はもう遙かに遠い
しかし二人には昨日のこと
可憐な花　可憐だったな玲子
都わすれの花に
その想いがよみがえる

小さな生け花教室の会話のひとときが
彼女の一番楽しい時間
その思いを込めて
玲子の枕元に
きれいな花だけは欠かさない

真っ赤な薔薇の花束をもらう
玲子の枕元に飾る
玲子は心で
私は目で
一緒にきれいな花を楽しむ
二人のひととき

玄関の薄いピンクの
「和枝のバラ」を見ながら
玲子と一緒に相談した
かなしい物語を思う
米軍ジェット機墜落で全身大火傷
二人の子どもを追って
あの世に行ってしまった
和枝さんのことを思う

お父さんの土志田さんのことを思う

未完の鳥

未完の青い鳥
夢のようにきれいな「青い鳥」をつくるの
玲子は息をはずませて話していたという
その青い鳥の七宝焼きの完成に
どんなに希望をかけていたことか
しかし突然、その夢は奪われた
小さな風呂敷づつみの中の
マジックで書いたデッサンだけの銀のプレートをみながら
そのときの彼女の気持ちを思う

先生に習いにせっせと通って
デッサンを書き
細い銀線を植え込み

何回も電気炉で焼いて
鼻水をすすりながら
精一杯、ひたすらに磨いていた
君は作品に夢をかけ、夢を表現しようとした
君の作品は世界に一つしかない
玲子が残した大切な宝物
雛節句に玲子の枕元に飾る

「赤い勲章」を胸につけて
老いた母は天国へ
田舎での大臣就任祝賀会で
私と並んで演壇で
胸につけて貰った赤い花
人生初めての、最後の晴れ舞台で
茂を育てた「私の勲章」と言って
大切に壁に掛けていた

その母は
米寿を目前にしてコトンとあの世に行った
棺の中の母の胸にそっと置いた
母の「赤い勲章」
玲子が倒れたときに
身代わりになってやりたい、と
電話で泣いていた母は
赤い花を胸につけて天国へ

ベッドのそばの可愛いオルゴール人形
そのメロディを聞きながら
走馬燈のように思い出がまわる
横浜花火大会の夜、人形の家で二人で買った
かわいい人形と可憐なメロディを二人で楽しんだ日々
倒れて目覚めぬ妻の枕元で聞かせて
「ママ、わかるでしょう!」

「起きて！」と呼んで涙した日々
六年間、妻のベッドの側で
かわいい目で長い長い日々を
みつめつづけた二つの人形
そのメロディとともに思いがめぐる

政治家の妻

玲子との三十余年を考える
嵐の中の二人だったとしみじみ思う
六〇年安保で日本列島が燃えるさなかに
二人の愛を誓いあった
あわただしい結婚式の「強行」
ハネムーンなきスタート
たった一日の新婚旅行
二人の愛をたしかめあった伊豆の旅
いま写真を見ても無限の喜びで
二人の顔は輝いていた

野党政治家の妻の苦労
「万年野党の政治家ならもう辞めなさい！」

政権を担うように懸命にやるなら
私も必死で手伝うわ！
私を叱り励ましていた玲子

誰かの短編に
姉のベッドに寝て
姉の愛人との語り合いを夢で見て
その人を捜し出すという
妹の物語があった
玲子の布団に寝たら
玲子の枕で寝たら
玲子と夢で話し合えるだろうか
玲子の布団と枕で何日か眠る

玲子の床屋さんをやる
彼女の髪は元気なときと同じに伸びる

元気な玲子を抱いて髪を嗅ぐと
健康な枯草の匂いがしたものだが
いまはその匂いはない
ときどき、はさみで切ってやるが
玲子の髪も爪も、とてもやわらかい
幼児の爪のようにやわらかい
動く人間らしい匂いのしない髪
動かすことのない指の爪の
たよりないやわらかさ

玲子の夢を見た
あるときは淋しく一人で立って
私を見つめている玲子
あるときは家の前で何人かで話しながら
私のほうは何か悲しいまなざしで見ている玲子
あるときは、夢で

そばに寝ている玲子を腕に抱いたら
ひとこと、何かを言った
玲子の夢はいつも短い
思い出は限りなく多く、長いのに

喜びも悲しみも幾歳月——灯台守の歌
私がマイクを持って歌ったら
みんなが私を囲んで合唱してくれた
私のこころを知っている人たち
嬉しくて泣けて来る
情けのある本当の友だち
妻と二人で灯をかざす——
その歌を一人で口ずさむ

「ふたり」と「ひとり」

玲子の誕生日
足が棒になるほど店をまわって
可愛い人形を探しまわって
玲子の枕元に置く
ようやく見つけた
赤い着物の女の子
玲子と並んでいる可愛い人形

心に木枯らし
胸に枯れ野の冷たい風が吹く
荒涼たる風景
しかし、はげしく政治は動く
どうして熱い心を訴えるのか

限りなく悲しい心と熱い思いと
二つのこころが一つの胸の中でせめぎあう

年末、玲子の散髪
今年の最後になる
きれいにして正月を迎えられるように
自分で理髪にゆける日は永久にない
意識のない妻
あわただしい中の夫が
床屋の娘と一緒に
妻の髪を切る

三月六日――一年のうちで私のいちばん暗い日
気持ちの落ち込む日
もう六年目になった
玲子が倒れた同じ時間に

玲子の顔を見つめる夜の病室
三百六十五日のうちで、いちばん暗い日の夜

「さよなら」が言えないで

「さよなら」も言えないで
ひとりでスーっと行ってしまうのだろうか
こころではどんなに言いたくとも
言葉では言えないのだから
一人だけの道ではあまりに悲しい
その道行きはぜひ二人で一緒にしたい
どこかで待ちあわせをしてくれないだろうか
眠っている玲子の顔を見ながら思う
おしゃべりしながら、たまには口喧嘩しながら
旧婚旅行のように手を取って一緒に行きたいのだが
玲子は「さよなら」も言えないで
ひとりでコトンと消えてしまうのだろうか
細くなってきた足をさすりながら思う

「無」という文字の診断書
病院の帰りに思い出す
「回復可能性」の欄に
「無」という診断書
あれは五年前のこと

黒と赤で書き込まれた私の手帳
黒は仕事の日記
赤は玲子の記録
赤と黒で書き込まれた手帳が
もう六冊、七冊になる
いつもポケットに入っている私の手帳

玲子が倒れて二千日
あの日からの日数をカウントするよう

セットした時計が日数を刻む
玲子の顔を見ながら
「ママ、疲れたよ」そう言いたくなる
玲子を置いて先に行ったら死んだら
冷たい、とカンカンに怒るだろう

とうとう発作が起きた
台風の中を救急車で運ばれ
カテーテルを差し込まれ
血管をバルーンで広げ、ステントをセットする
一日ですべてが終了

冬になった
私を見つめる玲子のまなざし
まじまじと見つめるまなざし
すがるようなまなざし

必死に訴えるようなまなざし
呼吸を荒くして悲鳴をあげるようなまなざし
手を握って私も必死に耐える
真冬の病院の二人

一年でいちばん暗い悲しい日――三月六日
七回目のその日を玲子は病院で眠りつづけている
私は自分の手術を終わってその日を病院で迎える
べつべつの病院で二人が迎える七年目
支えあうことも、看取りあうことも出来ない

二人の世界

七年の年月が過ぎて八年目に
驚愕、悲嘆、そして暗夜行路の長い日々を超えて
「異常」の月日が「日常」の日々になり
「悲しさ」が「普通」のことになってしまった
しかし生きている玲子に話しかけることが出来る
会話は出来なくとも
四十年の夫婦の年輪のなかで
いまが最も濃密な関係の日々

家のあるじは妻
隅々まで染み込んでいる玲子のにおい
そこに帰れるか
病院の妻の側で思い悩む年の暮れ

家に帰ろうよ、と語りかけつづける
じっと私を見つめるきれいに澄んだ目
ようやく熱が下がって、医師の許可が出て
玲子の生け花の部屋にベッドをととのえる

二年ぶりに家族全員で年を越し、新しい年を迎える
玲子は自分の家で、
自分の部屋で、
自分の着物を着て
安心しきったように眠り、眠りつづける
一日中、玲子の顔を見ながら世話をする
三時間おきに身体の向きを変えてやる
流動食をセットする、薬をやる
朝には全身をきれいに拭いてやる
うんちもきれいに取ってお尻を洗ってやる
いつまでもきれいな色白の肌

やっぱり家にいると落ち着くのだろう
それがわかるのだろう
玲子のいるわが家はあたたかい

三十九年前の五月
新婚旅行が禁止されて
キャンセルしたユングフラウの間
その宿にひとり来た
旧婚旅行に行きたい、と言っていた
その宿にひとり泊まる
夢となった二人の新婚旅行
つつじのときが美しいその宿で
初冬の冷たい風のなか
その庭をひとり歩く

玲子と一緒に買ったオルゴール人形

病室のベッドの側に八年一緒にいるかわいい人形
ホテルの店で見たら
そのメロディの名がわかった
一つは「メモリー」
もう一つは「虹のかなたに」
走馬灯のように想いがめぐる
人形のメロディ

こころのきれいな人が
私は好きなの
頭がいくら良くても
こころのない人は嫌い
玲子はいつもそう言っていた
政治の葛藤の現実に没頭する
私への戒めだったのだろう
「こころ」といつも言っていた

妻の寂しかったこころを思う

ひとは植物状態と言うが
玲子を植物と思ったことは一度もない
手で触れる温かい身体があり
私と同じ呼吸をし
きれいな目で私を見つめる
愛する人間の玲子が私のそばに生きている
玲子の足首をさすったら
すっかり細くなって
私の指の輪に入ってしまう
元気なときは
太めの足首だったのに
悲しい現実

夕焼けのように

玲子の顔を見ながら考えつづける
私がいなくなってもう八年も
倒れた私を看取りながら
「よくやったわね」
もうゆっくりしなさい
そう言ってくれるのか
私のことはほうってもいいから
「懸命にいい政治にしなさい」
そう言うのか
妻の顔を見ながら考え、考えつづける
しかし妻は答えてくれない
答えることが出来ない
それは自分で決めなければならない

心は妻と合わせながら

政治の鬼となるよりは
温かい人間のこころでありたい
政治の未来は若い世代に託せるが
妻を看取るのは私しか出来ない

人生の節目の決心のときに
都忘れの花のかわいい花かご
可憐な花、可憐な玲子の
思い出の二人の花を枕元に飾り
妻は心で、私は目で
一緒にきれいだね、と心の会話
その花を贈ってくれた友情がうれしい

九回目の三月六日

八年が過ぎて九年目
そして議員を辞める決心
ひたむきに生き続けた
わが人生の節目
人間としての純な生きかたに
妻との最も濃密な日々に
心の定まったとき

「乱」の政治が終わるとき
政治が生き返るとき
人間の息吹が生きている
温かい、赤い血が通っている
人間の心のふれ合う時代に

なってほしいとねがう
政治と妻との八年を振り返りながら

喜びも悲しみも共にある
人間政治になって！
本当にそう思う

第五章　介護のこころ・介護のシステム

介護保険の創設

二〇〇〇年四月から介護保険制度がスタートした。

私はその法案策定当時、社会党政策審議会長であり、重要な与党間の協議事項としてかかわってきた。懸命な準備作業をした自治体の皆さんや厚生省や福祉団体など関係者の努力で出発した介護保険だが、日本で初めての新政策のスタートの当然の現象としてさまざまの問題が起きている。サービス供給にかかわる問題、保険料格差の問題、自治体の取り組み方の格差問題、広域的対応の問題などが発生しており、厚生省の支援センターなどの積極的な対応が望まれている。

また、予想しなかった問題も発生している。例えば、介護ビジネスが各地で誕生したが、住宅介護サービス大手「コムスン」が事業計画と現実に大きなギャップが発生して社員千四百人を削減することになった。ホームヘルパーなどを大量に採用したが、在宅介護サービスの利用者が伸び悩み、多くの退職や配転となったのである。その背景の一つには、利用者が自己負担の拡大の懸念から利用レベルを抑制したのではないか、という意見もある。さまざまの問題に場当たりではない、長期的展望を持った打開の努力が望まれる。

福祉財政と税制の議論についても、消費税を導入するときは「高齢化社会にそなえて」が理由だったはずである。しかし、結局は増税の「口実」だった、という現実を振り返ると、財政構造全体を福祉型にする構想が提案されなければ、国民の合意は得られないと思う。雇用の新分野として、福祉の働き場を具体性を持って提案することも急務である。そういう新世紀の社会的課題を追求していきたい。

しかし、介護保険制度のスタートに向けた各地の動きを見ていると、私は新たな希望を持っている。それはさまざまな市民運動、NPOなどの自発的・自立的な参加の運動の活発な動きである。ほとんどすべての市町村で市民の勉強会やシンポジウムなどが開催され、介護のシステムに積極的に参加しようとしていることである。

私はバブルとポストバブルの十年間に日本人の「美徳」が崩壊し社会が荒廃してきたのではないか、と懸念を深くしているが、介護保険をめぐる市民参加の運動には、立派な国と社会を創る「未来への糸口」があると思う。

私の地元である神奈川県では二十年間、県知事として立派な業績をあげられた長洲さんが「ともしび運動」を提唱して福祉と共生の社会への努力を展開された。長洲さんはよく「燈燈無尽」という言葉を書かれていた。それは灯火が人から人へと受け継がれて絶えることはない、という趣旨であり、そういう「こころ」のある社会へのねがいを込めていたと思う。そういう意味で、介護のシステムと介護のこころが伴った良き市民の社会をつくりたいと思う。

最近うれしいニュースがあった。それはヘルパーさんたちの組合が一万人規模で結成されたことである。大切な使命をもつ社会活動なのに、その身分保障などは不十分で不安定なのが現実だが、そういう連帯の力で立派な活動をするように発展することが期待される。

しかも感銘を受けたのは、その組織づくりのために貢献したのがゼンセン同盟だったことである。ゼンセン出身で連合の事務局長をつとめ急死された山田精吾さんとは親しいお付き合いをさせていただいて随分と応援していただいた。その山田さんから戦後の労働運動の歴史に残る近江絹糸のたたかいと職場の現場の活動の大切さを聞かされたものだが、本当に尊敬すべき労働組合の社会活動だと思う。

本当ならかつて総評組織だった自治労がそういう役割をすべきなのだ、と友人に言ったら、いまそういう活動分野を重視して懸命に活動を始めているという話を聞かされた。労働組合が組織率のきわめて低い現状を越えて社会に意義ある運動になるためにも、そういう行動が強化されることをねがっている。

手をつなぐために

同じ境遇で愛する人を懸命に介護しながら、苦悩の日々を過ごしている人々が全国にたくさんいることを知った。妻が倒れたあと、最初に知ったのが宮城県の「ゆずり葉の会」である。

そのことを知って私は手紙を書いた。会長役の村岡サツエさんからすぐ返事をいただいた。その手紙には

「私の場合、主人に倒れられて十年、植物状態で四年半、通算十五年の闘病生活で悲しいことにこころがおかしくなる思いをする日々もありました。私たち底辺で苦しんでいる患者家族の声を取り上げて下さる政治をしていただくことを切に望んでやみません。全国の患者家族に代わってお願い申しあげます」

と書かれていた。

宮城県ゆずり葉の会の皆さんは、『いのちある限り』という題名で二十人余りの植物状態患者家族の手記を出版している。その一部を紹介する。

ある日突然、家族が事故や病気で意識を失い、その状態が長期につづく……。患者にとっては植物状態と言われる哀れな状態となりながら、かすかな意識の中で、生と死の狭間で必死になって生きているのです。

このような患者を抱えた家族は、奈落の底に突き落とされ、茫然自失となってしまいます。しかし患者の家族にとっては、患者はかけがえのない親、夫、妻、子どもであります。患者の回復を信じて二四時間看病に努めているのです。患者は食事も排泄も出来ません。自力での寝返りも出来ませんので床擦れが出来てしまいます。

それを防ぐために二時間ごとに体位を変えてやらなければなりません。看病にあたる家族は精神的にも肉体的にもクタクタに疲れてしまいます。もし看病にあたる自分が病気になったら、あるいは亡くなったら患者の看病はどうなるのだろうか。

患者の家族は常に不安と緊張の中で生活しているのです。植物状態患者を抱えた家族は、心から笑える日は来ないのです。どんな言葉を持ってしても患者と家族の苦悩は言い尽くせないのです。

つたない文章ですが、一人でも多くの人に読んでいただき、遷延性意識障害者・植物状態患者とその家族の苦しみがご理解いただければ、ありがたいことです。

やや長く紹介させていただいたが、それは私を含めて、苦悩しながら真剣に、必死の思いで愛する人を看取っている、多くの人々の共通の気持ちを表しているからである。

それと同じ家族の会の活動があちこちで深刻な思いを共にしながら行われていることがわかってきた。雑誌「世界」に報道された交通事故問題の関連で、東京に「家族の会・わかば」が活動していることを知り、早速連絡させていただいていろいろ意見交換した。その会は九八年七月に結成された。

一周年を迎えたときの「わかば便り」を読むと、わかば代表の藤井恵三子さんがこう書いている。

私の長男の事故からの歴史を語っているうちに、このような辛い体験者は大勢いるはず、とにかく会をつくりましょう、との話し合いの中からわかばの会が誕生したのです。

その一年間の試行錯誤の勉強会の中から、ある日突然に、この上ない悲しい出来ごとにより、暗やみに突き落とされた家族の心の癒しを第一のテーマとして正式に発会しました。思いもかけず新聞、テレビなどマスコミに取り上げられたことにより会員も急激に増え会が形づくられて来ました。

しかし、その会員が増えれば増えるほど大勢の方々が悲しみの中で孤独に悩み、苦しんでいるのだということがわかり、改めてわかばの存在意義を認識しました。これからは私自身、何よりも会員の方々とのコミュニケーションを大切にしながら、現状かかえている困難な介護問題、そして辛く悲しい心の問題などを皆さまと共に取り組んで行きたいと思います。

これらの会報をいただいて読むと多くのところで同じような活動があることがわかった。大阪では「頭部外傷や病気による後遺症をもつ若者と家族の会」が、茨城県では遷延性意識障害患者家族の会が「希望の会」として数年前から活動していることを知った。

いまこういう人々は医療と介護のはざまに置かれている。「はざま」と言うよりは「谷間」と言ったほうがいいと思う。

介護保険制度はスタートしたが、その最も高いレベル五でもヘルパーさんの応援が得られる時間は一日三時間程度でしかない。しかもこういう人々はメデイカルの介護と措置を常時必要とする状態が多く、現在の病院経営では手術など医療対応が終わった患者は、長く病院に置いてはもらえない。いつも「病院を出ていってください」という恐怖に苦しめられているのが現実である。

そういう制度の「はざま」に置かれた人々と家族は、常に「個人」で制度という「敵」とたたかって生きなければならないのである。非情な現実である。私が与党の幹事長の一人であったときでも、突然にそういう通告にさらされて病院探しをしなければならないのであった。

九八年通常国会の予算審議の各党冒頭質問で私は質問に立って、小渕首相と親友の宮下創平厚生大臣に質問した。

「私の妻は意識を失って病床にあってもう八年になる。私は自分のことを言おうというのではない。ある日病院に行ったら隣のベッドで、若いご主人が仕事の途中で墜落して頭を打って脳の重い障害が起きて意識を失ってベッドにいる。その枕元で若い奥さんがシクシク泣いている。その奥さんは突然奈落の底に突き落とされた絶望の気持ちだろう。私は、

『奥さん、患者の枕元で悲しいことを言ってはいけません、若いのですから必ず回復しますよ、いつも側にいた人の声を聞かせると意識を取り戻す助けになりますよ』と言ったら、翌日からその奥さんは小学生の女の子の唱歌の歌声をテープにして聞かせていた、そういう人々の心に光をあげるように誠意をこめて努力する、どん底にある人々に助けをする、それが政治の使命であり政府の責任ではないか」。

一挙にはできないが、福祉日本を目標に熱っぽく未来を語るのが政治家の姿でありたいと思うからである。厚生大臣は予定時間を超過して真面目な答弁をしてくれたが、現実は困難なままに置かれている。

小さな歯車に

先日、名古屋市のＩさんという方からお手紙をいただいた。

私はこの三月で八十歳に達したしがない一年金生活者です。家内はこの七月で七十八歳になります。

一九九五年の一月一日、子供夫婦と孫五人の十一名でお正月の挨拶の後、お屠蘇を順次いただき、お雑煮に箸をつけ始めたとき、私の右前に座っていた妻が突然苦しそうな顔をして倒れました。

救急車で病院に運んで右前頭葉の動脈破裂の切開手術をして、一命だけはとりとめましたが以来五年半、全身麻痺、言葉も麻痺、すべての機能を失ってベッドに横たわるだけです。

この間、病院に通って夕方一時間半の介護を毎日続けています。往復一時間の車は少々不安がありますが、気をつけて運転しています。こんなとき自分が哀れであると思うときもありますが、そのまえにもの言わぬ家内の方がどれだけ可哀相かと思い、妻が不憫でなりません。

重度の障害者の場合、世間からは忘れがちになっていますが、お互い励まし合える会ができたら、と思っています。全国的な組織をお考えのようですが、どうかご尽力をお願いします。お手伝いすることがありましたら、どうぞお申し付けください。微力ですが、一生懸命やります。

そういう内容である。

「手をつなぐ」ことが心をつなぎ励ましあうために本当に大切なことだと思う。苦悩と孤独の中で生きるのではなく、励まし合って生きることが出来たら、闇夜に光を見る思いがすると思う。私はそういうつながりの「小さな歯車」の一つになりたいとねがっている。

二つ目の提案は介護制度の「谷間」を埋めることである。

これに関連して私の親友で、横浜市医師会長の内藤哲夫さんの活動について触れたい。彼は私と陸士で同期の桜、十七歳のときに純情軍国少年で「最後の将校生徒」として予科士官学校に入り、爆弾を抱いて戦闘機に突っ込む特攻隊の卵だった仲間である。そして今の平和の時代により良き日本のために「世代の責任」を果たすようにと、仲間で集まっては話しあっている。全国市町村で最大の人口を持つ横浜市の三千人の医師の代表として、また、横浜市救命医療センター理事長や日本医師会の役員として活躍している彼は、介護保険がスタートした後、毎月その実施状況を見ながら問題点を整理する検討会をやり、行政に提言している。

「会議を重ねるたびに新しい問題が次々でてくる」という彼の話を聞いていても問題が山積していることはわかる。「走りながら改革する」のも大変なことだと実感できる。その一つの問題に、この「谷間」問題がある。長期療養型病床群の施策が九九年春からスタートしているが、医療型と介護型との関係や病院経営など悩みは多いという。「谷間」を埋めるためには、どうしてもそういう人々への新しい対策の柱を立てなければならない、と言うのである。

私はそういう見識ある医師である親友の意見を聞き、同じ境遇の人々の話を聞きながら、広い人々による研究・検討フォーラムがつくれないかと考えるのである。福祉団体や市民運動や行政関係者などで、「谷間」を埋めるための現実性とすぐれた具体性をもった勉強の場をつくって良い提言が出来れば、必ずねがいが実現する、少なくとも展望が開けると思う。

私は国会議員在任中に、この問題の打開に見通しをつけられなかったことを本当に残念に思っている。「ゆずり葉」の皆さんや「わかば」の皆さんと手をつないだ努力をして、この二つの提案のために努力していきたいと思う。

二人とも壊れる

一九九七年六月二十日——。

その日、東京女子医大病院の分院である青山病院に診断に行ったら「不安定性狭心症」と診断され、「即時入院・手術」となったのである。その一カ月前ぐらい前から朝起きると胸が苦しくなることがつづいていた。しかし、その症状はいつも短時間で収まってしまうのであまり気にしなかった。ところが、次第に起きる回数が増えてくるので診断に行ったのである。

私にとって「命の恩人」となった楠本先生。東京女子医大出身のいつも温顔で話してくれるおばさん教授が、心電図を取ったり超音波検査をしたりしながら、だんだん表情がきびしくなっていく。そして「いつ心筋梗塞に移行するかわからない危険な状態です。これからすぐ女子医大に行って下さい」と言うのである。

私は不遜にも強く抵抗した。「今日、このあとすぐやらなければならない仕事がある、数日したらまた来ます」と言い張ったのである。

事実、北朝鮮問題での与党の対応の相談やJR不採用千四十七人の問題での協議など、私が主として責任を持っているいくつかの問題について話し合いがすぐそのあとに予定されていた。

楠本先生は断固として、「もう本院に連絡し、主治医も看護婦も担当を決めました。すぐ迎えの救急車が来ます。それに乗ってすぐ手術に行って下さい」と言うのである。雨の中を救急車で女子医大病院に向かった。

女子医大病院の心臓研究所、通称「心研」の狭心症センター集中治療室に運ばれ、狭心症の発作が起きていたのでニトロを舐めて、検査のあと手術室に入って手術を受けた。まず映像を撮って検討した結果、血管移植の外科的措置でなく、狭窄状態の部分をバルーンで広げて金属のパイプを挿入するステント手術をやることになった。

人生初めてのことだし、予備知識は全然ないし、太股の血管から細いカテーテルを挿入して心臓のその細い血管の部分まで入れて繊細な手当をするのだから、近年の医学の進歩はすごいものだと思う。そんな感想を医師の先生に言ったら「わが病院だけでも毎年三百件近くやっておますから」と事もなげに言われた。

私は振り返って思う。当時私は心理状態が自棄的になっていた。悲しい、あわただしい、孤独な、長い日々の中で、玲子と一緒に静かな世界に行けたら一番幸せだという気持ちになっていた。生活や食事のコントロールもない、心のコントロールもない、いわば支えなき心と身体であった。

妻より先にあの世には行けないという気持ちを含めて絶望的な気持ちにおそわれるのである。疲労困憊から、自棄的になり、肉はたくさん喰う、たばこはブカブカ吸う、監督者はいない、そういう時期だった。最初の悲嘆のときからそういう時期へ、そして今は「異常」が「通常」になってしまった、という気持ちで自分自身を見つめている。

「二人とも壊れる」――。私は病院のベッドで、いま玲子はどうしているだろうか、いつものように両目をあけてジッと虚空を見つめているのだろうか、静かに眠っているのだろうか、二人の明日と将来はどうなるのだろうか、という思いである。とくに九八年の正月は私も病院で過ごした。

ところで、「政治家の病気」について新たな発見をしたのも一つの経験である。

入院したときに病院から「病室の名札はどうしましょうか」「電話はどうしましょうか、つないでいいですか」と言われて怪訝な思いをしたが、聞いたら政治家は病気をかくす場合が多いのだという。

私はそんなことは全然考えていないのだから、社民党本部の人たちに「病状は私の言う通り全部公開で発表しなさい」と言い、そうしてもらった。欧米では政治家の病気について情報公開するのは当たり前のことである。主権者である国民は政治家に自分たちの社会の将来を託するのだから、委託される人が健康なのかどうかを知る権利がある。

それが当然のことだと思う。要するに政治家はすべて明朗会計、すべて情報公開ということにすべきであって、病気をかくす、ということは政治家本人にとっても不幸なことである。

福祉の税財政

意識なき妻と共に長い日々を生きながら、「健康である」ということはどんなに素晴らしいことか、としみじみ思う。

玲子が進を生むときは帝王切開で、若い夫の私はオロオロしながら世話をした。そして子どもが生まれたときには言い表せない喜びだった。また子宮筋腫になって手術したときも心配しながら付き添っていたが、当然ながらすぐ元気になるという共通の確信があった。私が胆嚢摘出で手術したときも、玲子は同じ気持ちで私についていたと思う。多少の病気になっても、世間並みの夫婦喧嘩をしても、健康でいるということは人生における「黄金の日々」なのである。

しかし誰しも人間である限り人生には老衰と終わりがあり、故障も発生する。不安の中で生きる人々、どん底の悩みの中で懸命に生きる人々がいることも必然のことである。福祉型の社会をみんなが望んでいるのである。安らかな老後は万人のねがいである。

そういう社会設計をどうするのか、二十世紀の大部分を占めた冷戦時代には平和が大きな人類目標だったが、これからの世界、二十一世紀の人類目標は「人間の時代」、つまり福祉の時代だと思う。

私は若い時代は平和運動に人生を賭ける気持ちで活動してきた。六〇年安保の壮大な運動や沖縄返還、ベトナム反戦、軍事基地反対など、国民的な運動の「小さな歯車」となってきたことを、私はわが人生の誇りと思っている。

玲子と楽しいデートをし、結婚したのもそういう時期で、「我が家のルーツは六〇年安保」ということになる。国会に出てからは二十三年余りの前半分は大蔵常任委員会に席を置いて税財政の勉強と審議に集中していた。言うまでもなく税財政は政策の根幹である。国民がどういう〝会費〟を負担し、どういう社会をつくるのかが問われている。大変に勉強になったし、それが約七年政策審議会長を務めて「社会党の政策派議員」などという身に余る評価をいただいた基礎になっている。

しかし当時を振り返って目標とする福祉社会への勉強が足りなかったと思うし、玲子が倒れてから身にしみてそれを考えるようになった。自分のことという狭い意味ではない。玲子と自分のことで年中病院に行き、たくさんの人々と会話をし、考えさせられたのである。先生方の話を聞く機会も多い。病院の現実もいろいろと勉強させられた。税財政の勉強と医療を含む広い意味での福祉の問題を、ＯＢになっても真剣に勉強して友人たちにアドバイスしていきたいと思うのである。

福祉の社会経済設計を真剣に提起し、国民的な合意を形成すべき大事な時期を迎えていると思う。

医療・年金・介護という福祉の三つの柱のすべてが、いま困難に直面している。高齢化が世界に例のないテンポで進行している。少子化については、出生率一・三五という衝撃的な状況になっている。十年前が一・五七であり、その後下げ止まりが期待されていたはずなのだから深刻である。スウェーデンなど少子化対策先進国に学びながら、子育てが楽しい人生であるような制度や社会の新しい設計を急がなければならない。

同時に年金問題の対応も重大である。日本の健康保険制度は国民皆保険制度として世界でもレベルの高い機能を果たしてきたが、高齢者医療負担の増加での危機に直面している。年金問題では、基礎年金の国庫負担当面二分の一の問題も財源の具体化が未だなされていない。次の再計算時期までに、また基本的な問題に直面することは明らかである。介護保険制度のスタートでの与党と政府のゴタゴタは無責任というほかない。これからどう改善、改革をしていくのかが問われている。いまや医療、年金、介護の三つは、個別のバラバラの政策ではない。この三つを総合した福祉日本の設計図が必要なのである。

それを打開するためには、税財政を含めた大胆なシステム改革と相当の国民負担が必要になる。消費税を導入する理由を政府は「高齢化社会の進行に備えて」と説明したはずだが、結果的に大蔵省が嘘をついたのである。

いま消費税を福祉目的にして負担を増大させることや直間比率の検討も避けられないが、財政構造の「福祉型改造」を大前提に置いて議論しなければならない。多くの先進国では福祉が財政の主要な目標で、次に社会建設のための投資がある、というのが普通だが、日本では逆になったままである。

それをどう改造するのか、そういうしっかりした提案も議論もないままに総選挙が行われ、政治が動いているのを反省も含めて考えざるを得ない。産業型から生活者型へ――その未来設計を示すのはヨーロッパを見ても社会民主主義政党の使命だし、将来構想を示す豊かな構想力こそ前途を開く道だと思うのである。

税財政を福祉型に改造することは、必然的に「分権型」に改造することと同時進行になる。福祉の事業は、本来的に市町村が担当する分野であるからである。また、機能の高い分権型にするためには極めて大きな規模格差がある現在の三千市町村では出来ないので、三百くらいに集約することや、道州制の検討も必要になるであろう。税制も国中心ではなくて、使途を含めて市民の目に見え、市民の声がとどく制度に変えなければならない。

そういう大改革を具体化するのに一番頭の痛い問題は、深刻な財政構造の危機である。国と地方を含めて二〇〇〇年度末で六百四十五兆円、四人家族で計算すれば一所帯二千万円を超える累積債務である。

ある人が政府の政策を評して「子どものキャッシュカードを偽造して、親がジャブジャブ使いまくるようなものだ」と言っていたが、景気対策として公共業事業中心でばらまくだけでは未来は暗闇である。それをどう打開するかは二十一世紀初頭の日本の不可避の大問題である。しかもたしかな新財政構造改革の方途を考えることと、財政構造を福祉型、分権型に改造することは並行して進められなければならない。

二〇〇二年の陰謀

私がいま心配しているのは「二〇〇二年の陰謀」という噂である。

それはこういうことである。与党の政治家にとっては選挙で多数の当選が最大目標であって、選挙前には本音は言わないし、政権を確保したあとやるのが普通だ。二〇〇〇年は総選挙があった、二〇〇一年は参議院選挙がある、本音の政策執行はその直後だ、というのである。財政再建が主題になるが、打開策は増税、削減、増収の三つしかない、その総合計画を強行する、それは選挙のない二〇〇二年度だというのである。

税に対する国民の信頼は民主主義のバロメーターと言われる。問われるのは政治であると同時に有権者のレベルである。年金問題である党は支給拡大を言い、ある党は財源などに口を閉ざすだけ。空々しい論争で有権者が期待に胸をはずませて選ぶ商品はない、淋しい風景である。

ドイツのシュレーダー政権の基礎となった百ページ近い『赤と緑の政策協定』という文書には、「健全な社会は健全な財政で支えられる」ということが強調され、その具体策が述べられている。それは数字の上だけの計算ではなくて新しい社会構造への戦略思考であり、失業のない、福祉と環境を重視した税財政の政策論である。最近、東大の神野直彦さんの『システム改革の政治経済学』や、金子勝法政大学教授の『福祉政府への提言』など真剣な、尊敬すべき提言も出されている。

それによると、「世紀の転換期」を迎えたいま、一つの時代が終わりを告げ、新しい時代が始まろうとしている、構造的転換が叫ばれるが、一向に変わらない事態の中で「希望の経済学」を語りたいという気持ちが表現されているように思う。日本人はレベルの高い国民なのだから、清新な新時代の戦略と福祉の心をもった政治の時代が来ると確信する。

私は、こうした勉強を真剣にやって後輩にアドバイスしたり良き友人たちと社会のボランティアの活動などを行っていきたいと思っている。そうでないと、やがて夫婦の会話をするときに、「あなたは私を看取るだけで人生が終わったの、私を心配してくれたのはうれしいけど、あなたはそれだけだったの」とやかましい彼女は言うのではないか。そんなことをふと思うのである。

第六章　夕焼けのように

合唱——喜びも悲しみも

一九九三年一月二十四日——恒例の後援会の合同新年会が熱海で開かれた。夕食後、カラオケになって最後に指名され、舞台に上がって「喜びも悲しみも幾歳月」（木下忠司作詞・作曲）を歌った。それを歌っていると何か感情がこみ上げてくる。私にとっては楽しく歌を歌う気持ちにはとてもなれない日々、しかし私をいつも励ましてくれる支持者の皆さんの楽しい雰囲気に応えなければならないし、という複雑な気持ちでこの歌を選んだのである。

私がマイクを持って歌い始めたら、玲子のことを知っている皆さんが「伊藤さんと一緒に歌おう」と言ってくれて、ある人は私を囲んで壇上で一緒に歌い、会場の皆さんが合唱してくれた。

私は、いつものようにここに参加できない重病の妻を思い、私たち夫婦と親しい付き合いをしてくださる支持者の皆さんが、期せずして、心を込めて合唱してくれる気持ちを本当にうれしく受け止め、こみ上げるものを抑えることができなかった。
「朝に夕に　入船出船／妻よがんばれ　涙をぬぐえ……」「星を数えて　波の音きいて／妻とすごした幾歳月の／喜び悲しみ　目に浮かぶ目に浮かぶ」という歌詞には、胸がいっぱいになる思い出が重なる。「人生しょせんひとりぼっち」という気持ちになる毎日だったが、「ひとりぼっち」ではないのだという思いであった。

長い、つらい中で心のこもったお励ましの手紙もいろいろの人々からいただいた。妻が倒れてから七年が過ぎたときに、私の気持ちを『二人で生き抜く』という小さな印刷物にしてお送りした。そのとき私たち夫婦の仲人をしていただいた、向坂逸郎先生の奥さまからこんな手紙をいただいた。

二人で生き抜く日々、お手紙とともにしみじみと読みました。繰り返し涙ぐみながら読ませていただきました。亡夫七カ月の入院中、ただの一度も言葉をかわせず、さようならも言えずに逝ってしまった経験をもつ私には、七年という、そしてこれからもどれだけつづくであろうご心境がひしひしと身に迫ります。栄えある日々も、ご苦悩に満ちたときも、意識なきベッドの奥様への胸をしぼられるお悲しみをお察しいたしますとわが胸もいたみます。ご自身がたくましく生きられませんなら奥様をお助けすることも出来ません。お二人で生き抜く日々に幸あれと念じあげます。

しょっちゅう玲子が電話を差し上げて長電話をしてはうれしそうな顔をしていた長洲一二さんの奥さまからも、同じときに心のこもったお手紙をいただいた。昨年末にいただいたお手紙にはこうある。

玲子様も七年におなりですのね。時折、お元気な頃を思い出したりしながら胸いっぱいになったり、お大事にと祈ったりしています。お二人ともせい一杯の人生をお過ごしになったのがよくわかりました。これをごらんになったら玲子様は涙をいっぱい溜めてご主人の顔をみつめられるでしょう。すばらしいご夫婦ですのね。どうぞがんばってくださいませ。

長洲さんの眠る鎌倉霊園の墓石には、自書の「輪」の一文字が刻まれている。奥さんによると、「自分の一生の信念と、残されたものへの思いをこめたものと、私どもは考えております」という。また、長洲さんが死期を迎えて書きとめた言葉として「有り難う皆んな、君たちに逢えたのは、素晴らしい人生でした、本当に素晴らしい人生に感謝します」と記されていた、という。

生け花教室の皆さんからも、ときどき妻の枕元にお花を届けてくれ、近況のお手紙をいただく。妻がお花をしながら人生を、社会を話し合ってきた方たちである。その一人の七沢さんからの玲月様あての手紙には「お花の人たちもみな元気ですからご安心下さい。先週のおけいこは春の息吹を感じさせる若葉のついたゼンマイとナルコラン、スカシユリ、桃の花でした。宮坂さんの指導でメンバーはいつもの浅見さん、中野さん、それに花好きの新しく加わった二人です。みんな常に研究熱心で思い思いの花器を選び、神経を集中して生けるとき、主婦を忘れさせ自分に戻れる場、充実感が漂っています。それは玲子先生からのお花に対する思いが伝わって、お花の世界が広がり、大きな喜びになりました。玲子先生、元気になって下さい」と書かれていた。私はそれを妻に読んで聞かせる。心で微笑んでいることを信じ、顔で微笑んでくれることをねがいながら。

こころある人、こころなき人——そんなことを思うことがある。政界を含めて世の中には「アラソー、大変ね」と言うだけの場合が多い。現代社会は自分のことばかり考えて、みんなあわただしく生きているのだから、こちらも同情を買おうなどという気持ちは全然ない。また、「大変だなあ。良くなるか、早く奥さんが天国に行くか、近代医学で何とかならないものか」と言う人がいる。同情して言っているのはわかるが何とも言えない気持ちになる。私は「どんな状態でも、温かい身体があるのだから、女房は生きていてもらいたいよ」と答えるのだが。

宮城県ゆずり葉の会の人々の手記『いのちある限り』の中に「まわりの声」と題した次のような一節があった。

主人が植物状態になってから私たち家族はよくこのような声を耳にします。『植物状態になる可能性のある患者なら、何も生命をながらえるような医療をしなくても』。もしこういうことを言う人の家族の中にこのような患者がでたらどうするのでしょう。黙って見殺しにするのでしょうか。それとも安楽死を願うのですか。

いずれにしても生命というものを深く考えない不遜な、そして家族にとっては心ない言葉だと思います。一歩譲って善意に解釈すれば、家族の大変さや苦労を思ってのことでしょうが、あくまでそれは自分に起きたことではなくて他人様のことだからだと思います。

一般に世間の皆さんは他の病気の患者よりも植物状態患者に対する目が冷たいと思うのは私のひがみだけでしょうか。それぞれの家庭にはそれなりの事情があります。

妻は「植物」ではない

妻のような状態は「植物」状態と言われている。

フランスの哲学者パスカルは「人間とは考える葦である」と言った。考えることの出来ない人は「人間」ではないということなのだろうか。私に「奥さんは植物状態ですか」と言って、ちょっとまずい表情をする人もいるし、「ベジタブル」という表現で私に言う人もいる。しかし私は玲子は植物だなどとんでもないと思っている。妻は温かい身体がある、きれいな目でジッと私を見つめる、彼女の身体には赤い血が流れている、玲子は大切な人間だ、最愛の妻だ、と言いたい。彼女が一番つらいのだが、たとえ回復しなくとも生きていてほしいのである。

一時帰宅した玲子（2000年1月、横浜市）。

「伊藤さんが長く側にいると奥さんの表情がなごやかになる」。ナースの皆さんはそう言ってくれる。妻がきれいに目を開いて良い顔色と表情をしていると安心して私の心も落ち着く。熱が上がったり、苦しそうにせき込んだり、目が充血したり炎症を起こしたりしていると私の気持ちも重くなる。こうした患者を持つ家族の共通の気持ちだろう。妻が落ち着いていて、話をしながら髪をブラッシできれいにとかしてやったり、手足の爪を切ったり、顔に化粧水やクリームをつけたりしたあとは私も明るい気持ちで家に帰る。

あるナースが私に「目をよく見て下さい。言葉が話せない患者は目で話しているのです。目が語るのです」と言った。

私はいつも注意して玲子の目を見つめる。私が話していると彼女はマジマジと、またジッと私を見つめる。何を語ろうとしているのだろうか、ときどき、考えるとたまらなくなる。きれいな目だが、虚空の彼方を見ているようなときもたまらなくなる。しかしそれではいけない。いまは私が妻を励まし支える立場なのだから、強く温かいメッセージを目や言葉で伝える任務があるのだと考える。

国会で長期の議論がされてきた臓器移植法案が本会議に上程されたとき、ほとんどの政党は「生と死」にかかわる問題として各党が賛否を規制せず、議員がそれぞれ判断することとした。私は反対の投票をした。多くの国で実行されていることはわかる。またこれで多くの人々の、特に若い人の命が救われることもわかる。しかし「脳死」の判定基準はほんとうに大丈夫なのだろうか。私は信じる宗教はないが、ヒトは運命と共に生き消えるのでいいのではないだろうか。と考えた。妻や自分が脳死と判定されたら、あるいす脳死になったらどうするのか悩んだ、複雑な思いの結果である。医師の息子は「お父さんはどうして反対したの」とひとこと言っただけだったが。

玲子が倒れたとき、脳神経外科医師である息子は脳に関連する本をどっさり私に渡した。読書癖の親父に読ませようということだろう。私も素人ながらせっせと読んだ。ずいぶんと勉強になったが、専門的なことは別にして「脳死」と「植物状態」が違う点については「ゆずり葉の会」の手記が一番よく説明していると思う。『いのちある限り』の中に弁護士の松倉佳紀さんは次のように書いている。

脳には大きく分けますと大脳、小脳、脳幹の三つの部分があります。脳幹は生命維持機能を担い呼吸や血液循環を支配しています。この生命維持機能を土台として、小脳、大脳の高次機能が展開されています。小脳は視覚反射や運動反射を制御し、大脳はさらに記憶や感情、思考などの機能を担います。脳死とはこのような脳のすべての機能を不可逆的に喪失した状態を指すとされています。したがって大脳、小脳が死んでも、脳幹が生きていれば脳死とはならないのです。いわゆる植物状態といわれる患者さんは程度の差はありますが、どんな重い人でも脳幹だけは生きているのです。したがって呼吸や血液循環は自力で、もしくは補助を受けて可能です。

脳死と植物状態とは明らかに違います。しかし脳死患者の臓器提供が絶対的に少ないという事実があり、外国では植物状態の患者からの摘出も可能にしようという動きもあります。しかしこれは、人の死について守るべき一線を越えるものであり断じて認めるわけにはいきません。むしろ植物状態にある患者は、脳死とは違って生者なのですから、患者としての最善の医療を受ける権利を持っているのです。(患者の権利に関するリスボン宣言――一九八一年世界医師会総会)。

そして、そういう考えは、「多くの国民の社会的合意を得ることができると思います」とされている。私もそう思う。

引退・目と目の会話

一九九九年秋、旧中選挙区時代の後援会である「しげる会」の皆さんが実行委員会をつくってつどいを開催してくれた。

二十年間、七回の選挙で本当にお世話になった人々である。小選挙区になってしまってからは、お付き合いがほとんどなくなっているので久しぶりに「みんな元気かい」という会をやろうというわけである。数人の方が熱心な幹事役をやってくれた。

その会合に私は二つの小冊子をつくって集まった皆さんに差し上げた。その一つが「二人で生き抜く日々」という表題の七十ページの小さなパンフレットである。その扉には「あの日から、流れ去る長い長い日々、深い暗い川の底でもがき、人生を賭けた激動の政治に生き、自分を励ましながら、生きつづけて来た日々の、気持ちのメモ帳」と書いた。そして八年間のときどきの気持ちをメモしたものである。

私は挨拶で、長年にわたる心を込めた支援への感謝を申し上げ、さらに「いま毎日悩んでいます。病院で、意識の戻らない妻の顔を見ながら、私がいないのに八年間もよく頑張ったわね、もうゆっくりしなさい、と言うのか、私のことは放ってもいいからもっと頑張りなさい、と言うのか。しかし妻は答えることは出来ません。毎日自問自答していますが、間もなく党にも申し上げて態度表明をいたします」という気持ちを表明した。事実上の引退表明である。

インスタントカメラで一人ひとりの方々と写真を撮って差し上げながら挨拶をしたが、多くの人たちから「伊藤さんのご夫婦のつらい事情はみんなよく知っています。こういう会合でもいつも明るい奥さんと親しいお付き合いをしてきました。しかし伊藤さんは自分のつらい悲しい気持ちを自分の口からはいままで言いませんでした。伊藤さんの口からそれを言われたら、もっと頑張って選挙をやりなさい、とはもう言いません」という言葉であった。正直言ってほっとした気持ちになった。

党や労組などの幹部を抜きにして、人間の心で付き合った人々がそう言ってくれたからである。やはり気持ちの通った人々はありがたいものである。

私にすれば九六年十月の総選挙以来の気持ちであった。

「ママ、ボクも疲れたよ」と倒れている妻には、言ってはならない言葉を何度かつぶやいた。しかし当時は動乱状態の社民党での責任がある。そういう割り切れない気持ちでたたかって、選挙運動の中心になった皆さんのご努力にもかかわらず得票は激減することになった。

その責任は自分自身と社会党の分解、転落にあったと思って申し訳なく思っている。ここから立ち直るためには初陣のときと同じ決意と行動が必要である。ましてや小選挙区のたたかいである。もう新しい人の時代、という思いにもなった。そういう気持ちがあって九八年参議院選挙まで幹事長をつとめて大会で辞任させていただいた。そのあとを引き継いでいただいた渕上参議院議員には本当にご苦労をかけることになった。しかし、あの人柄からして私など以上に立派な活躍をしてくれると信じているし、そういう実績を上げていることを嬉しく思っている。

玲子の枕元で、きれいに目を開いて目玉をクリクリさせている調子のいいときに、何回か玲子にささやいた。

「選挙はもうやめたよ、いつも側にいるよ」と言うと、彼女は大きな呼吸を何回か繰り返して何か緊張した表情をする。しかし笑顔も見せないし怒った顔もしない。くわしい説明と感想はあの世でじっくりやるしかないか、と思う。

私にすれば、政治の鬼となるよりは温かい心の人間でありたい、政治の未来は若い世代に託せるが、妻を看取るのは私しかいない、両親が倒れて息子に責任を負わせるわけにはいかない、ということである。

あの世で彼女がどう言うか、それはそのとき、と言うほかないのである。二人で話しあい、何度か論争や喧嘩をしながらも二人で決める二人の人生だったのだが、目と目で相談するほかないのだから。

春には新しい候補者も決まって地元の神奈川県庁クラブで正式に引退の記者会見をした。そして国会解散のすぐあとに引退の淡々とした内容のご挨拶を主な支持者と親しくお付き合いした人たちに送った。

このたび国会解散・総選挙となりましたが、私は立候補せず、国会の活動から引退することといたしました。しばらく前から真剣に考えつづけてまいりましたが、最愛の妻が重い病で突然倒れてからもう九年目、未だに意識を失ったまま病床に伏しております。今まで国会と党の任務を妻を看取りながら懸命につとめてまいりましたが、激動の政局と党活動、選挙運動を考えますと、これからは妻を看取ることを大切にしたいと決意をいたしました。日本の政治が動乱をつづけている現状を考えますと申し訳ないと思いますが、どうぞご理解いただきますようお願い申しあげます。

（中略）

これからは妻を看取ること、ささやかでも社会に役立つように、の二つのために生き抜いてまいりたいと思っております。今後とも変わらぬ温かいお付き合いをいただけますようお願い申し上げます。


たくさんの皆様からお手紙と電話をいただいた。その手紙には「長年の活躍、本当にご苦労様でした」「どうぞ奥さんをお大事に」という言葉が書かれていた。出処進退はきれいにと思ってきたが「夕焼けのように」去ることが出来たことを本当にうれしく思っている。

政治への書き残し

国会の世界から妻の側へ――。その人生の節目にあたって、私は『日本の新しい社会民主主義―その道を拓く』というブックレットを党で出版してもらった。
それは、その渦中にあった者としての真剣な思いである。それを胸に手を当てる思いで、また妻の言葉「万年野党なら辞めなさい！」に答える思いで書きつづった。政治家として、人間として、二人で生き抜く、その総括でもあった。

そこで書いたことが三つある。

その一つは新世紀の日本の政治への期待である。それは「これまで」の総括と表裏一体で「これから」の進路を考えることを意味している。基本は二十一世紀日本を築くにふさわしい民主主義をどうつくるかである。

私は、そのモデルの一つはイタリアであると考えてきた。イタリアでは長年にわたって政党が乱立し、不安定、複雑な政治状況であった。それが九四年の「オリーブ運動」――草の根民主主義を基本にして、イタリア全土を覆う緑のオリーブのように改革派の諸勢力が大きくまとまり、中道左派の政権を樹立した。そこからイタリアは、中道左派と中道右派との二大潮流に構造が変わったのである。

近代社会では、過去と違ったさまざまな新しい価値観がある。それを一つの箱に入れるのではなくて、個性を大切にしながら大きく結集することが大切だと考える。日本でそういう二大潮流が生まれ、国民が参加し建設的な政策論争がなされるようになれば、「乱」を越えることが出来ると思う。

もう一つ関心を持つのはドイツでの「赤と緑」の連合である。「赤」―社民党と「緑」―市民運動が共同して九八年秋に政権を樹立した。ぐらぐらしてはいるが、そういう発想は重要な経験として注目したい。いまイギリスのブレア政権、フランスのジョスパン政権など、ヨーロッパでは「社民の花咲く時代」になっているが、日本でもそうありたい。それが二十一世紀の民主主義政治の構造として最善だと思う。残念ながら日本の革新勢力はそれと比べて構想力も力強さも「二周遅れ」と言われている。それを超えようではないか、という提案である。

二つ目は新時代の構想力である。

長洲一二さんがお元気な当時に、二人でコーヒーを飲みながら禅問答をしたことがある。私の設問はひとこと「革新とは何ぞや」である。長洲さんの回答はひとこと「先見性」であった。私は思わず「正解」と言った。

現代の革新とは、将来社会の設計において誰よりもすぐれた構想力を持つこと、そしてそれを実行する新しい情熱と新しい力を持つことだ、という意味である。同じような会話を、フランス国民議会議長のファビュースさんとも交わしたことがある。彼は沈没しようとしたフランス社会党が、ミッテランを中心に新生社会党をつくって大統領選挙に勝利するまでの間、党内の合い言葉は「インテレクチャル・アドバンテージ」だったと語った。それは政策構想ではどの政党よりもアドバンス、すぐれている党にしようという意味である。

深刻な財政危機、福祉社会への要求の拡大、環境と経済などをどう打開するのか、その構想力がいま問われている。ドイツ社民党の政治家と話したら、そのためには二つの条件として、鮮明な目標、すぐれた具体性と現実性を指摘されたことがある。そういう努力を真剣にやることが最も大切であろう。

ブックレットを書いた三つ目の点は、この七年間の深刻な反省である。

非自民の細川内閣が短期で終わったこと、自民党が旧来のままの姿で復活したこと、対照的に野党第一党だった社会党が社民党になり分解して小さな党になってしまったこと、自民・社民・さきがけの四年の連立政権をどう振り返るのか、などである。私は深刻な反省と未来を拓く努力と一体でなければいけないと思っている。そういう視点から政治家と有識者、市民運動、労働運動などの人々が新しいフォーラムを形成してビジョンを議論しあうことを提起した。

人生有情

この世は闇か、という苦悩の思いの日々の中で、やはり「この世は闇ではない」という心の明るくなるときがある。

最近、Yさんという方から長文のお手紙をいただいた。その中には次のように書かれている。

突然手紙を差し上げます。

先日の新聞で伊藤さんのことを読み、ご夫人のご病気と伊藤さんのご苦労が私の場合とよう似ておりますので他人事とは思えず、この手紙を思い立った次第です。

現役から第二の生活を始めた直後、平成三年六月、妻がくも膜下出血に襲われました。何とか一命はとりとめましたが今日まで九年近く、寝たきりの生活が続いています。

幸いに意識は回復し、呼びかけに簡単な応答は出来るようになりましたが、自分からの意思表示は全く不能、体も寝返り一つすることすら不可能です。伊藤さんの奥さんよりは多少マシかも知れませんが一切意思表示出来ない姿は不憫でなりません。倒れてから三年間、心を二つに裂かれながら勤務と病院通いを続けましたが平成六年三月に辞任して家内の看病に専念することにしました。

そのころ、家内の再起不能はもはや決定的で、主治医から看護より介護の道を、とアドバイスされ、介護専用型有料老人ホームに家内とともに入居、今日に至っております。

私としては家内を全く施設まかせにする気になれず、さりとて自宅につれて帰っても私一人の力では十分な介護は不可能なことも判っておりましたので、一緒に入居できて、しかも介護スタッフが充実しているこのホームの存在を知ったときには、地獄に仏を見る思いでした。

最近、腎臓の機能が著しく低下し、かなり厳しい状態になりましたので入院させ、いまそのベッド脇でこれを書いております。

伊藤さんのことを知り、つらいのはオレ一人じゃない、伊藤さんはもっと苦しんでいられるかも知れない、と自分に言い聞かせています。私も、恐らくもうそれほど残されていないだろう妻の命を精一杯守ってやるつもりでいます。

長いお手紙の一部分である。私も心を込めて返事の手紙を差し上げたことは言うまでもない。

その二つ目は同僚議員の友情である。妻が倒れて八年が過ぎ九年目に入った頃である。渕上幹事長から、大きな紫の「都わすれ」の花かごが届いた。「奥さんのそばに」ということである。おそらく彼は私の小さなパンフ「二人で生き抜く」で、玲子が始めて私を訪ねてきたときに小さな都わすれの紫の花かごを持ってきたこと、当時は可憐な彼女と可憐な花であったことを読んだのだろう。早速妻の病室に飾らせていただいたが、みんな自分のことで頭がいっぱいな政治家の世界で、友情を込めた親切には本当にうれしいことである。同じ神奈川出身の日下部参議院議員も毎月のように花かごを病院に届けてくれる。彼女は「奥さんが倒れたその日にお届けするの」と言ってくれる。そういう友情の花は妻の心に写っていると信じる。妻は心できれいな花を楽しむ。友情は私の心を励まし、明るくしてくれる。私も友人にはそうしたいと思っている。

三つ目は党派を超えた友情である。妻が倒れたときに、私は当初全然知らなかったのだが、かつての四野党仲良し政審会長グループが、厚生大臣の経験をもち、厚生族のドンでもあった橋本龍太郎さんや厚生省に連絡して「われわれ仲良しの兄貴分である伊藤さんの奥さんが大変なことになった、病院など最善の対応をしてほしい」と努力していたのである。そして病院の世話も真剣にしてくれた。結局は自宅に近いほうがいいということにさせていただいたが、その友情は本当にうれしいことであった。私との深夜の連絡のときに玲子と仲良くさせていただいた宮崎輝さんも病院を推薦してくれたりご心配をいただいた。

ところで、人の縁とは不思議なものである。九四年春のことだが、妻が倒れて一年後に私は、「あのときの友情とご厚情に感謝してささやかな食事を差し上げたい」とお願いして、かつての政審会長グループの人たちと水入らずの夕食を共にした。そのときのことである。私の隣に座っていた二見さん（当時は公明党）が手にしていた杯をポトンと落っことした。二見さんと私の反対側にいた菅さんが気が付いて「どうしたの」と言ったら、彼は手がしびれる、と言うのである。前に座っていた橋本さんと中野さんが「すぐ病院へ」と言って。救急車を呼んで国立医療センターに運んだ。

病室で彼は「どうしてこんな騒ぎをするの」という表情をしていたが、医師からは症状のあった直後に病院に来たのでとてもよかった、と言われた。彼はしばらく入院治療したあと、元通り元気になって国会活動に復帰した。「あのとき友情の側に居たから本当に良かったね」とときどき話題になる。

四つめの「有情」は、九州・沖縄サミットを前にして突然倒れて亡き人となった小渕さんのことである。

沖縄をサミットの首脳会談の場にすることを決断し、その準備にあたっていた小渕さんの心情を思うと胸が痛む。与野党で政策意見の違いはあってもそう思う。小渕さんのお通夜、雨の青山斎場でのことである。出席した私が奥さんに「長い親しいお付き合いをいただきまして忘れられない思い出です。心からお悔やみ申し上げます」と挨拶したら奥さんは「伊藤さんの奥さんのことを主人が入院中に聞きました。伊藤さん、どうぞ奥さんをお大事にして下さい」と涙ながらに言われたのである。

伺うと、重症の小渕さんを懸命に、不眠不休で看取って、最後の四十時間ほどは小渕さんの手足をさすり続けておられたという。その奥さんが、お通夜で私に見舞いを述べられたのである。突然倒れた私の妻と同じような症状ということもあるのかもしれないが、しばらくして加藤紘一さんに聞いたことであるが、初七日の弔問に伺ったら奥さんが「伊藤さんの奥さんは長い長いことでつらいことでしょうね」と言われていたという。

そのあとしばらくして、私が国会活動から引退する慰労で自民党の加藤紘一さんご夫妻、民主党の菅直人さんご夫妻、公明党の神崎武法さんご夫妻と友情の会食をした。私たちは夫婦でお付き合いした仲である。そのとき私が話題にしたことは、永田町と国民と心の糸が切れている、政党支持なしが有権者の半数を占めて久しいことにもそれが表現されている、国民の皆さんは永田町でやっていることを「あいつら政治家は……」と思って見ている。それをどうするのかが最も大切なことではないだろうか、と言うことである。温かい赤い血が通う「人間の政治」の時代と言うか、共生の時代のスピリットというか、そういう姿が見える時代にしたいが、福祉国民日本のベースではないか。そういう連帯感と温かい励ましがあれば、どんなに厳しい、つらい境遇になっても人間として幸福なのだ。「人生有情」そういう心の絆のある社会にしたいと思うのである。

「人生有情」——この言葉は私が尊敬している勝間田清一先生が社会党委員長を辞任されるときの党大会の最後の挨拶で述べられていた。それは中国の古い言葉である。

「人間は生きようと思っても生きられない、死のうと思っても死なないときがある。これを本当の有情と謂う」。

あとがき

妻が倒れてから八年がたつ。長いようであり、また昨日のようでもある。この年月を振り返りながら多くの出来事を書きつづったようにも思うし、いくら書いても書き足りないような気持ちもする。また自分自身の苦悩の記録であると同時に、たくさんの人々の共通の気持ちの一部分を書いているような思いがますます大きくなってゆく。「こういう境遇の人たちが全国で数千人いるんだと思う」と息子に言うと、彼は「脳外科の臨床の仕事をやっていて転院の相談など日夜ぶつかる自分の実感では、万にも達する人たちが同じ境遇にいると思うよ」と言う。そういう人々が暗い、つらい「不幸」を超えて「心に光」を持てるように、とねがっている。

国会解散の日の朝、議員宿舎で目覚めてふと思った。その日の気持ちを言うならば「ひたむきに夢を追って七十余年、いま一陣の風吹き抜ける」ということである。引退の前後、国会で会う皆さんが「伊藤さん、長年ご苦労様でした、どうぞ奥さんを大切にして下さい」と一様に私に言葉をかけてくれた。この数年間、外務委員会に席を置いて条約審議や外交政策の議論を共にしたが、国会最終の、私の最後の質問が終わったあと、与野党全員が「伊藤さん、長年ご苦労様でした」と立ち上がって一斉に拍手を送ってくれた。生涯の記憶に残るであろううれしい思いである。政界引退と感謝の挨拶の手紙を差し上げた多くの皆様から、私への慰労と妻への回復を祈るお手紙をいただいた。私は未完の激動の政治の中途で第一線から引き下がることになったが、たくさんの先輩、友人に恵まれて大きなうねりの中での「小さな歯車」として活動できたことを幸せに思っている。また私たち夫婦は長い年輪の中で最も濃密な日々を送れると思う。たとえ意識はなくても、仲良くも夫婦喧嘩も出来なくとも、もう「未亡人」ではない、濃密なこれからの日々になるのである。

私は特別の愛妻家でも恐妻家でもない、ごく普通の夫婦だと思っている。多くの人々と同じように愛し合ったし、喧嘩も普通程度にはやった、そういうことである。よく友達同士の雑談では「党に行ってはひたすら女性委員長にお仕えし、家に帰ったら女房に理屈を言われ、一人息子はお母さんの味方をする、家庭では常に二対一、国会に行っても万年野党で二対一、どちらでもいいから多数派になりたいと願っている」と冗談を言っていたものである。新婚当時は喧嘩をしたら「文句があったら出て行け」と言うと「出て行くわよ」と言い返されることもあったが、選挙の回数を重ねて妻の権力が大きくなってきて、喧嘩（もちろん言論戦だが）をすると「文句があったら出て行けばいいでしょう」と私が言われるようになった。そう言われると呆然として戦意を失い、日本の社会は将来どうなるのだろうか、と心配になった、そういう普通の夫婦だったのである。

人間である限り、いくら長く仲良くと願っても限度がある。どちらかが先につらいことになったり悲しいことになるのは人間の宿命である。その人間の運命の中での生き方、人間らしい生き方がみんなの課題になっている。それは愛妻であるかどうかではないのだと思う。

私はこれからの人生目標を二つ持っている。その一つは玲子と共にあること、出来れば同じ境遇の人々の手をつなぐ努力をすることであり、もう一つは良き社会を支え、明日に希望を語れる政治になるよう手助けをしたいということである。

総選挙が終わった。当然のことながら国民の良識は健在である。明日を語る能力を失った与党に対して国民の皆さんはきびしい審判を下した。私も自分の党が困難な条件の中で議席を増やしたことを本当にうれしく思っている。圧倒的多数の与党ではなくなるし、これからは与野党の緊張した論戦が展開されるであろう。国民は与党にお灸を据えると同時に野党には政権交代のチャンスを与えなかった。政権交代の出来る新しいドラマへの展望を開くのはこれからである。与野党とも新世紀を担うにふさわしい自己改革に迫られているのである。その展開を注目していきたい。

誰かが「古き都は荒れ果てて、新しき都未だ出ず」と評したが古い政治に「さようなら」が「サヨ」までで、新しい政治に「こんにちは」が「コン」で止まっているのが現実であろう。その確かな展望を切り開くのはこれからである。そういう期待を込めて注目して行きたい。もうそろそろ新しいドラマの開幕ベルが鳴っていいころである。

私は世代の責任というべき記録を書かなければと考えている。私は青春時代を六〇年安保反対闘争の渦の中で生きた。東京のメインストリートがフランスデモで埋まるような状況はもう二度と歴史にないと思う。また沖縄の祖国復帰闘争の長い感動的な歴史も忘れられない。ベトナム行きの戦車を止めた村雨橋闘争を含めて、それらは遠い過去の出来事として忘れ去られようとしている。歴史は前進する。しかしその発展のためにも多くの先輩の壮大な歴史を忘却の彼方に追いやることは間違っていると思う。同時にその中心になった人々の人生のドラマでもあった。新しい歴史のためにも先輩の記録をしなければと思うのである。

この本を書くために妻のもろもろを整理していたら、二枚の押し花が出てきた。それは田舎の母から貰ってきた菊の苗を丹精して育てて、きれいに咲いた花びらを玲子が押し花にして色紙に貼ったものである。その一枚は「花」という文字に、もう一枚は「茂」という文字にデザインしている。それを手にして、妻は生け花、私は庭木や鉢ものを丹精して育てて花を咲かせる、共通の趣味を楽しんだ日々、息子が小学生の時代に初めて一戸建ての家に住んだ横浜市の金沢文庫時代に、日曜日は親子三人で花屋と園芸店を訪ねるのが日課だった日々を思い起こした。私たちの夫婦にはそういう花の季節は永久にない。しかし心に花があるように生きたいと思う。

この本を出版するにあたって、時事通信社出版局の皆様には本当にお世話になった。この本の相談があったときに私は、個人のエレジーを書くつもりはないが、同じ境遇の人々と心を合わせるために、また立派な福祉日本を創る方向に理解を広げるために、ということで着手しましょう、と申し上げた。理屈はたくさん言ってきたがこういうことをまとめる才能のない私に、さまざまなアドバイスをしていただいたことを含めて、出版局の滝島哲雄さんにはお世話になった。深くお礼を申し上げたい。

二〇〇〇年八月

伊藤　茂

伊藤　茂（いとう・しげる）
1928（昭和3）年山形県生まれ。
東京大学経済学部を卒業後、日本社会党中央本部に勤務し、党内では理論派として安保闘争や沖縄闘争で活躍する。76（昭和51）年に衆議院議員に初当選して以来、連続8期。93（平成5）年に非自民の細川連立内閣で運輸大臣に。社民党への党名変更後、幹事長、副党首を歴任するが、2000（平成12）年6月の総選挙に出馬せず、国会議員を引退する。

住所：〒227-0062　横浜市青葉区青葉台1－32－30
FAX：045－983－5282
E-mail：sige-ito@mve.biglobe.ne.jp

いつか妻が目覚める日のために

2000年 9 月30日　第1刷発行
2000年11月20日　第2刷

著　者　伊藤　茂
発行者　中山恒彦
発行所　株式会社 時事通信社
　　　　東京都千代田区日比谷公園1－3　〒100-8568
　　　　電話03（3591）1111（大代表）
　　　　振替00140-6-85000
印刷所　大日本印刷株式会社
製本所　大口製本印刷株式会社

ISBN4-7887-0070-0

時事通信社の本

あたりまえの日に帰りたい
—骨髄性白血病からの生還

小林茂登子
46判/180頁　定価：本体1500円＋税

ある日、平凡な主婦に宣告された骨髄性白血病。骨髄移植を決意し、生還するまでを感動的に綴る。「死と生とを往復した人の貴重な記録であり、難病に苦しむ人々への心温まる贈り物」（加賀乙彦氏）

ISBN4-7887-0071-9　C0030　¥1500E

患者の言い分
—「いのちの取材ノート」より

山内喜美子
46判/308頁　定価：本体1600円＋税
日本図書館協会選定図書

手塚治虫さん、河内桃子さんらはいかに病気と闘ったのか？　臓器移植、代理母、性転換手術など最先端医療の倫理的問題点は？　こんな疑問を患者の立場から取材したドキュメント

ISBN4-7887-9926-X　C0077　¥1600E

ナース
—ガン病棟の記録—

P・アンダーソン　中島みち訳
46判/308頁　定価：本体1600円＋税
日本図書館協会選定図書

患者は医者のみでは生きられない—安楽死、心の看護など、ガン病棟で実際に起こった医療問題を、患者とともに悩み、苦しむ若き看護婦長の真摯な姿を描く、ノンフィクション・ロングセラー

ISBN4-7887-8109-3　C0030　¥1600E

コード・ブルー
—緊急蘇生処置—

バーバラ・ハットマン　中島みち訳
46判/312頁　定価：本体1600円＋税
日本図書館協会選定図書

女性の生き甲斐を求めて、ナースを志した主人公が、自らガン宣告をうけながらも、驚きと、喜びと、悲しみをもって、医療の内実に迫るノンフィクション。ナースに続く話題のロングセラー

ISBN4-7887-8415-7　C0030　¥1600E

ホスピス病棟から

サンドル・ストダード　高見安規子訳
46判/376頁　定価：本体2427円＋税
日本図書館協会選定図書

末期患者が、最期の瞬間まで人間らしく生きられるように、エイズやガンの患者、家族を支え活動する欧米・アジアのホスピスチームの感動のルポなど、その運動の理念と実践。

ISBN4-7887-9346-6　C0047　¥2427E

この心臓と生きる

R・ペンサック　D・ウィリアムズ　石井清子訳
46判/352頁　定価：本体2400円＋税
日本図書館協会選定図書

母から受け継いだ、遺伝性の心臓病。この心臓に巣くう血の刻印が、私の身体を、心を壊してゆく…。心臓移植を受けて生き抜く精神科医の、生と臨死、そして再生の物語。

ISBN4-7887-9735-6　C0095　¥2400E

操られる死
—〈安楽死〉がもたらすもの—

ハーバート・ヘンディン　大沼安史・小笠原信之訳
46判/320頁　定価：本体2800円＋税
日本図書館協会選定図書

“安楽死先進国”オランダと合法化への動きの見られるアメリカで、患者の同意のないまま「安楽死」が行われている現実を明るみに出し、安楽死推進派のロジックをえぐり出した衝撃の書！

ISBN 4-7887-9936-7　C0036　¥2800E